Le Singulier Monsieur Tout-le-Monde

Collection
Œuvres au rouge

La publication de cet ouvrage a été encouragée par une subvention accordée par la Fédération Wallonie-Bruxelles

Dorine Hollier

Le Singulier Monsieur Tout-le-Monde

éditions fdeville

« Je suis une vierge d'airain et repose sur le tombeau de Midas.
Tant que l'eau coulera et que les arbres verdiront,
Je resterai sur ce tombeau arrosé de larmes,
Et j'annoncerai aux passants que Midas est ici enterré. »

Platon, *Phèdre.*

Bien sûr que je l'ai créée.

Inventez-moi ! me dit-elle. Alors je l'ai faite.

Il y a, il doit y avoir un autre monde, parallèle au mien, où elle aurait pu exister sans moi… un monde où j'aurais été inventé par une autre, où elle n'aurait pas eu d'importance…

J'aurais croisé sa route, elle aurait fait semblant de me voir, j'aurais oublié les moindres détails de son apparence…

Dans un autre monde. Dans un autre monde, l'extraordinaire n'aurait pas été mon ordinaire. J'aurais suivi mon chemin de petit homme, avec son lot de bonheurs usuels, ses fins et ses commencements. Je n'aurais pas laissé de traces. Je me serais peut-être même questionné sur l'utilité d'en laisser.

Dans un autre monde, mes mains auraient été les mains qui attrapent, les mains qui caressent, les mains qui écrivent et qui fabriquent, peut-être même les mains qui étranglent…

Mes mains ne l'auraient pas changé, ce monde, mais c'est une autre histoire… Qui aurait pu commencer comme celle-ci…

Jean Praton (dit Midas Gray)

1. Origines

« Ce type est aussi invisible qu'une paramécie. » C'est ce qu'on dit de moi, c'est ce que je suis si l'on m'observe d'un peu plus près. Un microorganisme sur pattes. L'homme-paramécie qu'aucun microscope ne révèle. Je glisse dans ce monde, mû par mes longs cils vibratiles, sans remous et sans histoires…

J'ai une histoire. Peut-être est-elle insignifiante… Quelle vie d'homme ne l'est pas, si on la met en perspective avec l'inexorable avancée du temps, l'indiscutable expansion de l'univers, l'insoutenable présence du grand tout et du grand rien.

On me dit invisible ? Oui, je l'ai toujours été. Si je suis beau ? Non. Laid ? Non plus. Ni petit ni grand. Rien ne me distingue et tout m'efface. Je suis le plus ordinaire des héros ordinaires, un monsieur Tout-le-Monde qui n'est strictement personne, mais je… moi… le paramécique Jean Pratou, refuse de croire, du haut de mes quarante années de présence sur cette terre, que l'on m'y ait fait naître sans raison.

Lorsque, tout juste sorti du ventre de ma mère, personne ne s'exclama, personne ne porta aux nues les traits de ma triste banalité, j'en conclus que là était le rôle que je devais jouer ici-bas : celui de l'invisible. L'essence même de ce que l'on ne remarque pas. Mon enfance fut discrète, sans éclat, sans talent précoce.

Tout petit déjà, je disparaissais dans le bac à sable. Personne ne venait écraser mes insignifiants pâtés.

Je ne gênais personne puisqu'on ne me voyait pas. Toujours la moyenne, rien de moins, rien de plus. J'étais celui qu'on oublie à la cantine, celui à qui on ne vole aucune bille, celui qu'on n'invite pas aux fêtes d'anniversaire. Aux yeux de tous, j'étais seul, terriblement, horriblement seul. Peu m'en importait puisque je n'avais jamais ressenti la douceur de l'accompagnement. « Seul » était un mot agréable. Ma place à moi. Seul, j'étais bien.

À onze ans, à l'occasion d'une sortie de ma classe de sixième, je découvrais le Louvre, mon endroit favori sur cette terre.

Dès le lendemain, j'y retournais pour visiter les salles oubliées par ma prof d'histoire. À partir de ce jour, le Louvre fut ma deuxième maison. J'y passais le plus clair de mon temps, m'y faisais une pléiade d'amis imaginaires que je croisais derrière chaque pilier, chaque statue, chaque œuvre.

J'étais l'insignifiant esthète qui voguait de salle en salle, emporté par la valse ininterrompue des gammes chromatiques, les courbes du marbre et les regards morts des bronzes. Je copiais tout.

Mal, mais avec avidité. Je m'usais les yeux sur un trait de pinceau anarchique ou un clair-obscur mal tempéré.

Voilà quelle fut ma véritable éducation. À travers le prisme de l'art universel, je me fis une idée de la condition humaine, j'appris l'histoire, naviguant des salles égyptiennes au Moyen Âge, me brûlant les ailes sous celles de la Victoire de Samothrace.

Tel un voyageur insatiable, je parcourais, dans ce palais qui me servait de résidence secondaire, des milliers de kilomètres.

Je m'enivrais de la magistrale géographie de ses salles d'exposition, en passant en quelques secondes de l'Europe occidentale à l'Iran, via la Grèce, l'Égypte et le Proche-Orient. Le Code de Hammurabi m'inculqua le sens de la justice et de l'équité. Les Baigneuses et les Psychés me provoquèrent mes premiers émois sexuels, vivement contrebalancés par « l'Allégorie des vices » du Corrège qui m'inculqua ma première leçon de morale.

Au fil des ans, j'avais répertorié dans mes cahiers d'écolier la plupart des détails des œuvres exposées au Louvre. J'avais acquis la langue châtiée des auteurs de catalogues, que je feuilletais comme autant de romans. Je m'exprimais quotidiennement comme un auteur du dix-neuvième siècle, ce qui m'exposait encore plus aux railleries de mes

« camarades » de classe et contribuait à ma mise en quarantaine perpétuelle. J'usais de kilos de stylos et de litres d'encre, les doigts continuellement tachés de noir indélébile. Ce qui me valut le surnom de « Black hand Joe ».

Le jour de mes douze ans, ma mère, qui entretemps était devenue cantatrice et parcourait les scènes internationales sous les bravos et les vivats, voulut se donner bonne conscience et tenter de se faire pardonner son éternelle absence. Elle crut bon de m'offrir un goûter d'anniversaire. La chose ne fut pas aisée. Elle ne me connaissait aucun ami. Et pour cause ! Qui aurait voulu serrer la main maculée de ce « Black hand Joe » au drôle de vocabulaire !

À ma grande honte, elle se présenta dans la classe de madame Chassin, prof de mathématiques aux formes généreuses et aux jambes rasées jusqu'à mi-mollet, ce qui laissait apparaître, à chaque lever de bras pour écrire au tableau noir, une troublante forêt vierge et soyeuse. On ne savait pas où finissait cette forêt. Peut-être était-elle le repaire de quelque animal secret…

Maman fit circuler une carte d'invitation qui ressemblait à une fiche signalétique, un formulaire d'admission au club secret des « amis de Jean Pratou » :

— Nom…

— Prénom…

— Âge…
— Situation sociale…
— Métier des parents…
— Préférences alimentaires…
— Cadeau envisagé…

À la fin du formulaire, elle les conviait à un pique-nique au bois de Boulogne, suivi d'une séance de cinéma. Le film choisi était « Mission impossible »… Elle le fut. Le formulaire resta exempt de toute signature et je conçus immédiatement une haine incontrôlable pour toute forme de héros, qui ne m'a jamais abandonné jusqu'à ce jour.

Ce fut la dernière tentative de ma mère pour faire de moi un animal social. Elle classa définitivement l'affaire en me rangeant, sans grande compassion, au chapitre « Cas désespéré » de ses dossiers humanitaires. Comment lui en vouloir ? Je ne lui en ai jamais voulu. La pauvre avait essayé toute seule de me « faire ». Pauvre nymphe abandonnée à l'âge de dix-sept ans, à quelques mois de grossesse, par « l'homme dont on ne prononce pas le nom », mon géniteur hippie, qu'elle avait fréquenté un bref instant d'extase, le temps d'un festival et d'un été idyllique à Formentera.

À plusieurs reprises, j'avais émis l'idée de rencontrer celui qui me fit. Mais puisque le mot même de « papa » provoquait chez ma mère des ires plus dévastatrices qu'un calendrier entier d'ouragans féminins, je n'avais jamais osé demander son nom. Je me contentais de mille papas hypothétiques, que je me créais au gré du temps, à chaque questionnement métaphysique, à chaque problème existentiel ou non, tout « désancré » que j'étais de la vie quotidienne.

Mes papas imaginaires étaient successivement aviateurs, agents de police, commissaires-priseurs, experts en biodiversité. Mon plus bel exemplaire fut un cryptozoologue inventé un jour de spleen, avec qui je partageais ma passion pour le yéti, le Bigfoot et le monstre du Loch Ness.

Ensemble, quand je serais grand, on irait tous les deux dans les forêts amazoniennes traquer les empreintes de pas géants, on trancherait la queue du monstre aquatique après avoir longuement chevauché une hydre à cinq têtes, moi et Papa, Papa et moi…

Quelle grande déception que ce « moi » que Maman avait rêvé puissant et passionnant, alors que je n'étais que faible et insipide.

Elle avait tout misé sur cet être que je n'étais pas, l'objet parfait qui allait conquérir les étoiles, chevaucher l'étalon de la gloire. Elle aurait tant aimé engendrer une créature à la mesure de son propre talent, qui lui assurerait une postérité digne de son nom. Car Maman vivait son heure de gloire. Son extraordinaire « Mimi » malgré toute sa bohème ne pouvait en aucun cas se satisfaire du pauvre « Pagliaccio » que j'étais.

Non, Maman n'avait pas le temps de m'élever jusqu'à ses hauteurs… Impatiente et déçue, Maman jugea donc bon de m'effacer. Le plus tôt serait le mieux, elle avait tant d'autres choses à faire… Des dandys à câliner à Capri, des récitals et des opéras, de scène en scène, de ville en ville.

Les rares fois où sa fatigue vocale la contraignait à une trêve, un séjour chez nous, sa belle voix m'aidait à m'endormir ou dissipait un cauchemar trop réaliste. Ma berceuse à moi était signée Ravel, la tendre complainte de la Princesse de « L'enfant et les sortilèges », qui devint pour toujours la bande originale de mon endormissement. Ses rares moments de tendresse ne me faisaient que trop peser le poids de son absence. J'étais bercé par d'autres bras, tant de bras, poudrés, rugueux, poilus, parfumés à la Javel ou à l'eau de Cologne : les bras des mille et une nounous qui me servaient de mère la plupart de l'année, quand Maman se faisait applaudir sur les scènes européennes. Ces nounous chantaient faux des chansons de petits canards boiteux ou de grands méchants loups. Elles coûtaient cher à ma mère. Trop cher.

On me rangea donc en province, à Saint-Étienne, chez d'affreux cousins tortionnaires. J'avais treize ans et la maturité affective d'un enfant de quatre ans. Je perdais tout, d'un seul coup d'un seul :

mon univers, ma mère, mon Louvre. Je ressens encore la sensation glacée que me laissèrent les deux impressionnants tas de houille, vus du train, à l'entrée de la ville. Ils étaient les cerbères qui gardaient les portes de mon nouvel enfer. Ils furent les témoins de mes dernières larmes.

Il faut dire que mes cousins maniaient le sadisme avec talent. Je souffrais en silence de leurs sévices, trop heureux qu'on s'intéresse enfin à moi. Je leur facilitais même la tâche, commettant exprès ce qui pouvait déclencher leurs méchancetés diverses et variées, et me soumettant à leur bon vouloir sans cris et sans protestations.

Ainsi passèrent ces années d'adolescence dans un brouillard de coups et de bosses, d'enfermement, de nuits noires en plein jour. Jusqu'à ce que je me réveille un printemps dans la peau disgracieuse d'un jeune homme acnéique.

Je vécus ce passage de la nymphe à la chrysalide, comme mon premier moment de grâce et d'appartenance : enfin je ressemblais aux autres ! Comme eux, je puais le mal-être et l'excédent de sébum. Comme eux, je cachais avec honte le produit de mes érections nocturnes.

C'est à ce moment-là que j'ai créé Josette. Dans le placard de ma chambre. À l'encre de Chine.

2. Josette

Au début, elle n'occupait qu'un petit pan du tiroir à chaussettes, mais très vite, ma déesse d'encre prit possession de tout un Parthénon d'étagères.

Je la croquais sur toutes mes surfaces disponibles, à l'infini, pureté exquise, divine esquisse de l'éternel féminin. Voluptueuse et pudique à la fois, elle me racontait les mille et une histoires qui finissaient invariablement par notre union devant le saint Amour. Je tendais la main, elle s'abandonnait dans mes bras. Elle me sauvait de l'ombre et de l'oubli pour me mener au grand soleil. Je recréais pour elle les hiéroglyphes tant aimés au Louvre, je lui faisais rencontrer les rois et les dragons des salles médiévales, elle se perdait souvent dans les forêts du douanier Rousseau, caressant un ou deux animaux étranges au passage. Elle n'avait pas son pareil pour chevaucher les jaguars et les serpents à plumes de la salle précolombienne.

Josette était mon tout, ma seule amie, ma seule interlocutrice, et elle était plus belle que toutes les déesses de papier glacé des magazines que feuilletait ma tante. Ses aventures étaient multiples et sans cesse renouvelables. J'étais amoureux du produit de ma plume. J'étais amoureux d'une traînée d'encre.

J'étais amoureux.

À seize ans, les dieux qui, comme ma mère, m'avaient relégué à la case oubli, se manifestèrent enfin en ma faveur. Sur la route des deux tas de houille, à l'entrée de Saint-Étienne, ils tuèrent, en un seul accident de voiture, ma tante, mon oncle et leurs affreux rejetons. Comme personne ne réclamait leurs biens, j'en déduisis qu'ils m'appartenaient, estimant que j'avais largement payé en bleus et en bosses le prix de cette propriété.

Je me retrouvais, d'un seul coup d'un seul, propriétaire de leur appartement, et ipso facto de Josette qui s'était peu à peu répandue sur tous les murs de ma chambre.

Sans grande ambition, mais contraint du jour au lendemain à subvenir à mes propres besoins, je suivis la route qu'on avait tracée pour moi, poursuivant mon apprentissage de comptable chez Gounaud SARL, import-export de produits céréaliers, maison fondée à Saint-Étienne en 1956 par feu mon oncle.

J'y suis encore, vingt-cinq ans après, promu au poste de chef comptable depuis deux ans. J'occupe un bureau modeste, entouré de bureaux du même style.

Je suis une case parmi les cases, toujours paramécique. L'invisibilité a du bon. Elle vous évite passions, grands écarts du cœur, promesses et déceptions. J'observe autour de moi les frasques amoureuses de mes collègues, les tromperies encouragées, les jalousies des petits coqs et mesquineries des petites poules.

Je n'envie rien de tout ça. Mon amour à moi a colonisé sans heurt et sans bruit les trois quarts de l'appartement de tonton.

Ô ma Josette, je me vautre dans tes bras accueillants au-dessus de la console du salon, je prends mon bain avec toi, tenant mes mains bien au sec, au-dessus de la baignoire, pour pouvoir toucher tes courbes parfaites sans mouiller ton corps d'encre. La nuit, tu me berces avec bienveillance et tu m'observes sans jugement lorsque je m'ébats frénétiquement dans mes draps, ivre de ta rupestre présence, car tu occupes aussi la voûte de mon ciel de lit, où tu as pris l'identité de Nut, la déesse égyptienne. Je compte les étoiles qui courent le long de ton corps et m'endors sans autres rêves que ceux que tu glisses à mon oreille.

Je suis le plus heureux des hommes car, ô ma Josette, intacte à jamais, tu vis sur mes murs, protégée des outrages du temps, de la lente érosion de la vie.

Oui, Josette, toutes mes Josettes seront à jamais jeunes, belles et amoureuses comme je les ai créées. Rien ne pourra jamais modifier cette vie réglée comme du papier à musique, ce petit bonheur sans importance.

C'est ce que je pensais… jusqu'au 13 janvier 2016 à dix heures quatorze : moment M de mon bouleversement.

Comme tous les jours, je me rends au bureau à neuf heures trente après un petit déjeuner fait d'une tartine et demie beurrée de confiture de coing et trempée dans un thé au lait sucré. J'aime le sucre, c'est là mon seul vice. Mes étagères regorgent de dragées aux amandes Avola. Plaisir coupable que l'extase du sucre vanillé qui fond lentement sur la langue pour mieux se confronter à l'âpre réalité de l'amande. Le croquant qu'on remet jusqu'à la dernière seconde…

Donc, me voilà au bureau.

Neuf heures trente, je mets en route mon ordinateur, replace mes cahiers de comptes en une pile droite, prêts à l'emploi.

Neuf heures quarante-cinq, café court sucré devant la machine.

J'y suis toujours le premier et bois mon café d'un coup sec afin de ne pas risquer de croiser Berbard et Gardon, mes voisins de cubicule. Ce n'est pas que je ne les aime pas, je ne connais pas ce sentiment de haine viscérale qu'ils semblent éprouver pour moi. Ce sont deux parfaits exemplaires de la faune bureaucratique, mais qui suis-je pour les juger ?

En dix ans de voisinage, ils ne m'ont adressé la parole que deux fois, sans doute pour vérifier que je ne souffrais pas de mutisme.

Je les entends ricaner entre eux, derrière les murs papier de cigarette, commenter les parties d'anatomie de Lucie des ressources humaines ou le petit fascisme ordinaire de Blain, notre chef de service. Berbard n'aime personne et il ne rate jamais aucune occasion de proférer ses détestations. Ce qui ne l'empêche pas d'exercer ses pratiques bouddhistes chaque jour, de préférence dès que Blain a le dos tourné. Il a installé, dans son cubicule, un tout petit autel, qu'il pare de fleurs et de clémentines une fois par semaine. Régulièrement, et surtout après une nouvelle remontrance de Blain, on peut remarquer une petite fumée dense, qui s'élève au-dessus des parois de contreplaqué, et qui embaume l'atmosphère d'un parfum capiteux.

Un jour, j'ai surpris Berbard dans la réserve à fournitures. Il hurlait en écrasant sauvagement des blattes qui couraient le long des plinthes.

— Crevez ! Saloperies de cafards ! Et j'espère bien que les huit mille tortionnaires nazis d'Auschwitz se sont réincarnés en vous !

Je n'ai pas trouvé sa réflexion très bouddhiste et, pour une fois, bravant ma timidité, ai osé lui en faire part. À quoi il m'a répondu qu'il ne voyait pas comment le karma de ces salopards leur aurait permis une quelconque autre réincarnation.

Bref, neuf heures cinquante, retour dans ma case, analyse des chiffres et des salaires du jour.

Dix heures… Tiens ? Le courrier n'est pas passé. Pourtant le courrier passe tous les jours à dix heures précises, délivré par le malencontreusement nommé Sehtou, trente ans, quota dit « handicapé », engagé par mon oncle juste avant qu'il ne disparaisse, pour faire plaisir à ma tante. L'humanitaire, c'était « in », elle l'avait lu dans « Elle » et s'était subitement convertie aux joies de la bonne conscience.

Mes charmants collègues n'ont jamais questionné Sehtou sur la nature de sa condition médicale, mais l'affliction mentale de ce brave homme lui a valu le sobriquet de « Sehtou Simple ». Ce qui ne manque jamais de mettre en joie la cohorte de fonctionnaires à chaque fois que Blain l'appelle au haut-parleur.

— Sehtou ! croasse le haut-parleur.
— Simple ! rugissent les fonctionnaires.

Sehtou détient très certainement le record du monde de la lenteur de distribution de courrier. Chez lui, tout est alangui, comme s'il avait été passé au ralenti sur le grand projecteur de l'univers. Pour parcourir les deux mètres trente-six (je les ai mesurés) qui relient ma case à celle de Gardon, mon voisin immédiat, je l'ai vu mettre jusqu'à dix minutes, s'arrêtant entre chaque pas pour sourire au monde. Ses sourires édentés, tout en gencives, me fascinent. Il y a dans cette chair rose et lisse quelque chose de profondément beau et de profondément triste qui m'émeut jusqu'aux larmes.

Lorsque Sehtou est enfin arrivé à destination, il doit s'y prendre à quatre fois pour extraire le courrier du chariot, y déchiffrer lettre par lettre les mots qui forment le nom du destinataire. Le problème, c'est que lorsqu'il parvient enfin à déchiffrer le mot suivant, il a déjà oublié les mots qui le précèdent et doit tout recommencer.

Son acharnement me touche encore plus que son absence de dents. Sehtou n'est pas un demeuré, il pourrait en moucher plus d'un avec sa belle sagesse. Il sait résoudre et consoler avec son propre vocabulaire. Un mot, parfois, un seul, mais LE mot ! Car, même si le concret le range au rang de la bête, Sehtou sait l'inexplicable. Il a simplement la maladie des gens qui appartiennent à un autre monde. Il fait partie de mon paysage depuis tant d'années. Il est mon seul ami sur cette terre.

Sehtou n'a jamais failli à sa tâche. Il suit depuis toujours le même trajet qui le conduit jusqu'à moi tous les matins, sauf le week-end, à dix heures précises.

Quelle que soit sa lenteur, il est ainsi programmé.

À dix heures cinq précises, Sehtou et moi échangeons nos pensées du jour. Les siennes sont toujours empreintes d'un doux mélange de fantaisie et de bon sens. Moi, je le rassure avec ma petite vie réglée comme du papier à musique. Je lui enseigne un peu de quotidien, juste de quoi se mouvoir en ce monde et survivre.

À dix heures quinze, il reprend les commandes de son chariot, et part, en mâchouillant de toutes ses gencives le croissant aux amandes que je lui offre chaque jour.

Il est dix heures dix, je commence à m'inquiéter. Je hausse la tête au-dessus de mon cubicule, rien. J'hésite à m'aventurer chez Gardon pour lui demander s'il a reçu son courrier.

Je grimpe sur ma chaise pour voir ce qu'il fait de son côté du mur, si par hasard des lettres traînent sur sa table. Je le surprends la main dans le pantalon, un air visqueux aux lèvres, concentré sur les activités acrobatiques de deux blondes qui se déploient sur son ordinateur. Je baisse la tête vivement avant qu'il ne me surprenne. Je m'en voudrais vraiment de condamner ses choix esthétiques. De guerre lasse, je mets un pas hors de mon antre de contreplaqué, et manque de tomber à la renverse. Là, face à moi dans le couloir éclairé au néon, à dix heures quatorze exactement, se profile, en chair et en os, ma vision, ma création, ma révélation : Josette, personnifiée ! À l'identique… Ou presque…

Tel Ben-Hur sur son char, la voici, aux commandes du chariot épistolaire rempli à ras bord du courrier du jour. La tête haute, le décolleté en avant, elle le pousse avec fierté malgré l'horrible couinement des roues mal huilées.

C'est elle ! C'est Ma Josette ! Mais non ! Ce ne peut pas être elle !

Je reste un moment coi, une patte en l'air, médusé comme un lapin ébloui par les phares d'une voiture.

Ma première pensée n'est pas du tout cartésienne : Josette se serait-elle détachée de mes murs ?

Ma deuxième pensée est pour la tenue minimaliste qu'elle arbore avec défi et outrecuidance. Si j'en juge à la quantité de tissu qui l'enveloppe, si le prix de la robe est proportionnel au poids du tissu, son maigre salaire a dû amplement couvrir la dépense. J'ai presque envie de la couvrir avec la bâche de la photocopieuse !

Je me retiens à temps, reviens à moi, rougissant jusqu'au tréfonds de mon âme et, comme un espion de film noir, je m'aplatis brusquement contre les murs de mon cubicule. Le couinement du chariot se tait devant ma porte. Une bouffée de parfum bon marché s'engouffre dans mon antre et se mêle à l'odeur d'encre.

Je plonge vers mon bureau et feins aussitôt une recherche intempestive dans le tiroir. Mais, à mon horreur, le voilà qui révèle une de mes esquisses à l'encre de Chine, figurant ma Josette à moi, telle la Nymphe de Falconet, dans son plus simple appareil. Je ferme vivement le tiroir alors que Josette en chair et en os dépose trois enveloppes à mon nom sur le bureau parfaitement rangé.

Je n'ose lever la tête. Croiser son regard me paraît une torture insurmontable.

Alors, elle me jette avec un terrible accent de banlieue stéphanoise :

— J'suis Josette, du tri postal ! J'remplace Sehtou… C'est tout !

Je n'offre aucune réponse à son effort d'humour. Je suis bien incapable d'en émettre la moitié d'une.

Alors, elle hausse les épaules en me saluant d'un « à demain, Jean Pratou ! » traînard et, mâchouillant bruyamment son chewing-gum, disparaît au son grinçant de son chariot épistolaire. Ce crissement que je haïssais hier m'est subitement devenu mélodique. J'écoute religieusement, jusqu'à ce que Josette disparaisse au fond du couloir, l'illustration sonore de notre première rencontre.

Comment ? Ma muse, ma poupée d'encre serait un être de chair ? Et quelle chair ! Il est vrai que sa mise, réduite à sa plus courte expression, ne laisse guère de place à l'imagination. Ma révélation s'est toute révélée. Elle porte même le nom que je lui ai donné !

Quel calcul de probabilité démoniaque aurait pu mettre sur ma route une créature signée de ma propre main ?

J'en suis si remué que je ne m'aperçois même pas de l'heure qui passe. Pour la première fois de ma vie, j'ai failli à mon devoir : j'ai délaissé deux heures de calculs de points de retraite au profit de mon seul éblouissement.

La sonnette du téléphone me sort de ma torpeur. C'est Blain. Il me demande de changer l'intitulé de la fiche de paie de Sehtou qui occupera dorénavant le poste d'homme de ménage à l'étage inférieur, de dix-neuf heures à vingt-deux heures trente.

On me prive de mon seul ami.

J'observe avec tristesse le croissant aux amandes de Sehtou qui flétrit dans son sac en papier. Je m'étonne de cette subite décision.

En écoutant aux portes, j'apprends qu'elle est un effet des bons sentiments de Gardon et Berbard. Ils se sont plaints, en douce, à la direction. La lenteur de Sehtou les empêcherait de travailler correctement.

Je pense aussitôt aux blondes acrobatiques de l'écran de Gardon. Sûr, elles, au moins, ont dû encourager son ardeur au « travail » !

Une nausée subite me monte à la gorge. Un effet de la petite délation ordinaire de ces bons citoyens et, tout à coup, des larmes, des flots de larmes incontrôlables jaillissent de mes yeux. Moi qui n'ai presque jamais pleuré ! Pourquoi mon corps a-t-il subitement décidé de se manifester ainsi ?

Cette pitoyable coulée de sel... Que toute émotion soit lavée, récurée ainsi ! Comme si tout devait être irrémédiablement ramené à l'eau...

J'avale en deux bouchées le croissant de Sehtou. Le sucré calme le sel et sèche le robinet à larmes. Et puis, tout doucement, je me laisse envahir par une sensation nouvelle : un doux ballottement de tout mon être, une impression cotonneuse et béate qui me fait sourire malgré moi. Je revis le moment inouï où ma vision s'est présentée à moi. Je remercie le destin, l'univers, qui sans aucun doute l'a mise sur ma route. Je serais presque prêt à envisager l'existence de Dieu !

« Mais non ! Tout de même ! » me dis-je en me giflant la joue droite. Pris d'une panique soudaine, je vérifie mon apparence dans la vitre. C'est ainsi qu'elle m'a découvert : pantalon et chemise datant de la veille.

Pourquoi ne me suis-je pas changé ? Quel crétin ! Je suis tout taché du bœuf carottes de la cantine d'hier. Je ne suis pas repoussant, mais suis-je assez beau pour elle ? Je maudis aussitôt ma mère, mon père et tous mes aïeux de ne m'avoir pas pourvu de meilleurs gènes. Je me contorsionne pour me mirer dans ma cuiller à café. Je n'y avais jamais fait attention auparavant, mais mes yeux ont une jolie couleur vert-de-gris qui lui plaira peut-être. M'a-t-elle bien regardé ? Combien de minutes ? Dans quelle lumière ? Étais-je assis ? Un peu penché ? Et cet épi imbécile qui me nargue et me menace d'une érection capillaire à chaque mouvement de tête ! Moi qui ne lui ai pas dit un mot ! J'aurais pu me présenter quand même ! Elle a dit mon nom… elle connaît mon nom ! Elle a prononcé avec sa bouche de Josette mon nom à moi ! Elle a dit « Jean Pratou » en laissant traîner légèrement le « ou » final, rassemblant ses lèvres en cœur comme pour un baiser. « Ouuuuuu »… Mon nom qui meurt dans un baiser !

Je suis envahi d'un bonheur pur et chaud, comme si j'avais avalé le soleil. Déjà, la perspective d'une nuit passée loin d'elle me semble insurmontable. Je rentre chez moi, dans un état second, pour me retrouver face à celle qui en est la cause : Mille Josettes d'encre s'offrent à moi dans chaque pièce où, frénétiquement, je cherche asile. Elles sont partout, mais elles sont si plates, malgré leurs atours de déesses, malgré les écrins paradisiaques dans lesquels je les ai serties. Ma Josette Douanier Rousseau, plate dans sa jungle ! Ma Josette Belle Ferronnière, plate sous son diadème ! Ma Belle Jardinière, plate devant ses angelots ! Ma Grande Odalisque, ma Vierge à l'Enfant…

Toutes mes Sabines ! Plates, plates, plates !

Leurs milliers de voix se mêlent, une cacophonie de sirènes qui peu à peu ne forment plus qu'une seule voix : celle de ma déesse de chair et d'os, doucement teintée d'un je-ne-sais-quoi de provincial.

Le lendemain matin, vêtu de mon plus beau costume, je peigne longuement mes cheveux et les enduis de cire, afin que l'épi maudit capitule, laissant une épaisseur luisante au sommet de mon crâne. Je me poste dix minutes avant l'heure du courrier à la porte de mon cubicule et, avec une nonchalance maladroite, feins d'observer une affichette qui prône les bienfaits du yoga. Je me remémore la nuit brûlante que je viens de passer, la fièvre au bord des lèvres à la seule pensée de cette incarnation miraculeuse. Les Josettes rupestres de mon appartement m'ont paru bien fades, comparées à ce corps en mouvement qui ondulait hier derrière le chariot musical. Le crissement des roues et le « clac clac » d'une paire de talons rouge verni, taille 39, m'extirpent de mon rêve éveillé. Les mains moites, je vois poindre un quart de Josette à l'angle du service logistique. Un tremblement incontrôlable agite mes membres inférieurs.

La voilà déjà à la hauteur du bureau de Gardon. Elle trémousse du derrière en lui tendant son courrier. Je me prépare, ou plutôt je m'apprête à revêtir un sourire que je crois charmeur, mais qui n'est qu'une grimace figée qui ferait peur à une troupe de clowns machiavéliques.

J'ai répété toute la nuit la phrase brillante et enjôleuse que je vais lui dire dès qu'elle aura franchi le périmètre « Gardonien » :

— Mademoiselle Josette, je vous ai rêvée et l'on vous a faite, vous êtes le phénix des moquettes de ces couloirs, votre adresse « chariotique » n'a pas son pareil, que diriez-vous d'un petit tour au pays des facturettes ?

Elle passe devant moi sans s'arrêter, sans même m'adresser un regard, me jetant un « rien pour vous, m'sieur Pratou » par-dessus son épaule. De vagues borborygmes s'échappent de ma bouche comme des remugles de lavabo et je rentre comme un robot blessé dans mon bureau. Je pleure de frustration.

Pendant toute la semaine qui suit, j'élabore une série de plans, tous plus géniaux les uns que les autres, pour favoriser notre prochaine rencontre :

— Plan numéro 1 : Je m'auto-envoie des piles de lettres pour qu'elle soit obligée de passer par la case amour (c'est ainsi que je viens de rebaptiser mon cubicule, oui, je sais, c'est cucu la praline, mais l'amour semble avoir effacé un quart de mes neurones et mon cerveau a subitement pris la consistance d'un caramel mou).

— Plan numéro 2 : Je feuillette un magazine de déco qu'elle a jeté à la poubelle et remeuble entièrement mon bureau avec les éléments des pages qu'elle a cornées. Certes, la poubelle rose à tête de lapin détonne un peu, mais elle va très bien avec les coussins en vichy vert et blanc qui ornent désormais mes deux chaises en bois.

— Plan numéro 3 : Je pirate son ordinateur pour connaître ses goûts musicaux et m'arrange pour qu'à chacun de ses passages, la bonne chanson sorte de la chaîne toute neuve que je viens de m'offrir. Bien sûr, j'ai appris toutes les paroles de ses chansons préférées et les chante à l'unisson dès qu'elle dépasse le périmètre Gardonien.

— Plan numéro 4: J'ai échangé mes nippes de fonctionnaire contre toute une panoplie de vêtements branchés qui me valent les sourires moqueurs de mes collègues. Menés par Gardon, ils ne manquent pas de me siffler ou de m'adresser des propos inconvenants sur l'étroitesse de mon pantalon ou l'aspect homosexuel de ma chemise, à chaque fois que je les croise dans le couloir.

D'accord, je n'aurais jamais dû croire la théorie du vendeur selon laquelle « les imprimés léopard, ça vous donne tout de suite un côté plus animal ». Même si je dois avouer qu'en sortant du magasin, je rugissais presque !

Rien n'y fait ! Josette ne s'aperçoit pas plus de ma présence que de celle des deux renards empaillés, chinés pour lui plaire au vide-greniers du Chemin des Quatre Vents, et qui gardent désormais l'entrée de mon antre !

Elle dépose mes lettres sur mon bureau comme un chien dépose sa crotte dans le caniveau, puis se remet en route en grinçant du chariot et en secouant du popotin sans même se soucier de mes efforts démesurés.

Je devrais me résigner, je devrais abandonner la partie, mais mon amour ne fait que croître, invariablement proportionnel au degré de son indifférence.

Plus elle m'ignore, plus je l'aime, c'est ainsi. C'est toujours ainsi, paraît-il. Cette terrible mathématique me fractionne, me soustrait, me déshypoténuse jusqu'à ce que je ne sois plus que la valeur incertaine d'une équation à dix mille inconnues. Jean Pratou, le paramécique Black hand Joe, est tombé amoureux d'un être de chair !

Tombé amoureux… Oui, je tombe…

Même si ce que je ressens ressemble plus à une élévation qu'à une chute. Je suis en lévitation amoureuse, frôlant la route des nuages. Je ne me sens pas du tout entraîné dans un plongeon. Je ne m'enfonce pas dans la terre. Je suis tombé amoureux comme on tombe en disgrâce. La chute de l'ange répudié par l'ange.

Je suis un ange répudié. Josette m'obsède, Josette m'obsède, Josette m'obsède. Je conjugue son nom à tous les temps, j'associe chaque lettre de son nom aux objets qui encombrent mon cerveau comme un grenier mal rangé. Je dîne même d'une assiette « josettienne » comprenant :

J ambon
O seille
S alami
E pinards
T hon
T omates
E ndives

Je ne déguste pas ces aliments, je les embrasse, je les suce, j'en extrais tout le suc, je les déglutis, jamais rassasié de cet extase culinaire. J'avale JOSETTE comme un ogre, jusqu'à m'en rendre malade et tomber épuisé sur mon lit. Et puis, pris d'une frénésie subite, je me relève, et d'un coup de peinture blanche, efface de mes murs vingt-cinq ans de colonisation de ma bien-aimée virtuelle. De toutes les Josettes qui surpeuplent mon appartement, je n'en laisse qu'une : « Josette number one », ma Nut égyptienne. Elle me contemple, du haut de mon plafond, triste et boudeuse d'avoir été privée de ses compagnes.

Je me recouche au petit matin, tout taché de peinture. Mais le sommeil ne vient pas, le sommeil ne viendra plus. Je me tourne et me retourne dans mon lit, aveuglé par la chambre trop blanche, obsédé par la réminiscence du sillage d'un parfum bon marché et torturé par le manque. Le souffle haletant, je compte les pulsations de mon cœur qui s'emballe et me dresse tout droit dans mon lit.

Respirer… Doucement… Inspirer, un, deux, trois, quatre, expirer…

Une silhouette se distingue, ondulant dans le cadre de ma fenêtre. Les yeux mauvais du chat Robert me scrutent avec une intensité dangereuse. Robert ne m'aime pas, mais il ne peut s'empêcher de venir me rendre visite depuis qu'un soir de solitude, j'ai accepté de partager ma tranche de jambon avec lui. Robert n'appartient à personne, ou plutôt si, à lui-même. Robert s'appartient. Il est le plus anarchique des chats, ne ronronne jamais en public et ne m'autorise qu'une vague caresse furtive lorsque j'ouvre le placard à croquettes. Il est né dans la rue, y a laissé une demi-patte à un motard de passage, ce qui lui donne un air claudicant qui ne manque pas d'élégance. Dans l'air chaud de la nuit, Robert a cru bon de venir se rafraîchir sur le rebord de ma fenêtre. Surpris de me voir éveillé à cette heure tardive, il hésite, et saute sur mon lit.

Un instant, nos regards se livrent une lutte sans merci.

Qui capitulera ?

Je tiens bon. Robert bâille.

J'en profite et l'attrape dans mes bras. Je le force à accepter ce contact qu'il a toujours esquivé, lui triturant sa grosse tête de matou, l'étouffant de mes caresses. Je demande, j'exige son affection. C'est ça ou je meurs, là, tout de suite, dans ce lit trop grand, dans cette chambre trop silencieuse, dans ce no man's land où le malheur s'est incrusté comme une suie tenace.

Miraculeusement, Robert dort ce soir-là au creux de mes bras et je le retrouve au petit matin enroulé comme une écharpe autour de mon cou.

Le constat est subitement clair pour moi : j'ai osé demander et j'ai obtenu. Il ne me reste plus qu'à adapter cette « stratégie du chat » à l'élue de mon cœur.

Oui, mais par quel moyen, quel type d'approche ? À qui se confier ? À qui demander le conseil avisé, le plan imparable qui fera de moi un être irrésistible à ses yeux ?

3. Sehtou

Il est dix-neuf heures trente. J'attends avec fébrilité l'heure de la fermeture du bureau pour me précipiter au premier étage.

Seul le ronron de l'aspirateur résonne dans le bureau désert. Je le suis jusqu'au bureau du directeur. Je n'y suis entré qu'une fois, le jour de la mort de mon oncle, afin de recevoir les condoléances d'usage. Au début, je ne distingue rien. Je me penche. J'assiste alors à une scène étrange : Sehtou est allongé sur le ventre, derrière le bureau. Il tient à la main l'embout de l'aspirateur avec lequel il caresse, de tout petits gestes tendres, la moquette épaisse bleu roi. Il chante la berceuse de l'aspirateur, au rythme de son vrombissement régulier.

Remarquant ma présence, il suspend sa mélopée, fait taire l'engin et m'adresse un de ses sourires édentés qui font ma joie. Puis il penche son oreille au-dessus du tapis, concentré.

— Qu'est-ce que tu fais, Sehtou ?
— Chut ! J'écoute si elles ont fini.
— Qui ?
— Elles sont en train de manger !
— Qui ?
— Les dames de la moquette… J'ai laissé des miettes…

Alors, je pleure. Ah non, pas encore! Coupez le robinet à larmes! Devant cette manifestation d'émotion, si inhabituelle pour lui, Sehtou se relève d'un bond, et se jette dans mes bras. Ses effusions me décontenancent d'abord, m'enchantent ensuite. Je ne suis pas très habitué aux contacts humains.

À moins que l'on ne désigne comme tels les coups de pied assénés par feu mes cousins.

Mes larmes coulent de plus belle. Des flots et des flots, mêlés de mots, de révélations, de questions.

— Comment lui plaire, Sehtou? Elle est la femme de ma vie et elle ne sait pas que j'existe.
— Tu sais pas faire bien, Jean Pratou, tu sais pas parler aux déesses.
— Mais j'ai tout fait, Sehtou... tout! Elle est inaccessible.
— Tu as essayé les fleurs?

Je le regarde d'un air hébété.

— Des fleurs?
— La fleur, tu vois, c'est la porte. Elle ouvre le passage vers la femme que tu aimes: elle lui dit, tu es parfum, tu es douceur. Elle ouvre ses pétales pour que ta Rani comprenne comment ouvrir ses bras. Sa sève est le nectar que tu verses dans sa gorge quand elle boit tes paroles. Ta Rani met du rose sur ses joues pour ressembler à ta rose. Il y a

un mot, mais je l'ai oublié. Comment est le mot qui dit qu'elle suivra tes fleurs sans pouvoir faire autrement ?

— Irrésistible ?

— Oui..

— Un bouquet ? Une rose ? J'aime les roses…

— Beaucoup de fleurs différentes ! Elles sont toutes différentes, il faut qu'elles se reconnaissent. Les Ranis ne sont pas toutes des roses ! Et il faut lui faire cette offrande dans son temple, à la cantine, devant tout le monde. Ce sera une grande, grande surprise ! Que tout le monde sache que tu as choisi ta Rani. « Irristible » !

— Irrésistible.

— Oui.

Je prends de nouveau mon ami dans mes bras, mais cette fois, ce sont des larmes de joie qui inondent son épaule.

Puis, Sehtou, qui ne m'a jamais évoqué ses origines, me fait le cadeau sublime de me les révéler. Sehtou est né en Inde, ou plutôt, Sehtou a été pondu et abandonné dans une décharge en Inde. Cette décharge se situe près de Bhawanipatna, à l'est. Elle est une manne pour les enfants d'intouchables qui en extraient tout ce que les gens possèdent un moment, puis jettent, pour mieux s'adonner au plaisir du toujours plus neuf. Ces déchets ne sont même pas les leurs. Ils viennent d'Europe et sont déversés quotidiennement ici par paquebots entiers. L'Europe honteuse regarde de loin ces enfants perdus qui grouillent comme des fourmis sur son tas d'ordures. Ils brûlent des câbles recouverts de caoutchouc pour pouvoir en extraire les métaux qu'ils vont vendre pour presque rien aux ferrailleurs. Les fumées noires et toxiques de ces caoutchoucs sont la première bouffée d'air que respire Sehtou, le jour de sa venue au monde. Elles ont juste le temps de causer des dommages irréversibles à ses poumons et à son cerveau, avant que Shandor Narayan, neuf ans, ne découvre Sehtou sur la banquette éventrée d'un « rickshaw » qui lui a servi de berceau.

Shandor n'a pas du tout envie de partager sa maigre pitance quotidienne (un bol de riz dans les jours fastes) avec cet intrus importun. Il hésite avant de le prendre dans ses bras. Ne serait-il pas plus saint et plus sain d'abréger les souffrances qui se profilent pour l'étrange bébé à la tête de suie ?

Shandor se saisit de la carcasse d'un Sony éventré et élève l'arme du crime au-dessus de la tête du nourrisson. Quelque chose, le regard huileux de Sehtou qui se reflète dans le moniteur brisé, un moment d'inspiration, Krishna peut-être, suspend son geste. Le gamin laisse tomber le Sony assassin, enveloppe le précieux paquet vagissant dans un vieux sac de riz, et prend le chemin qui conduit à l'orphelinat d'Orissa. En chemin, il ne s'aperçoit pas que son ombre d'intouchable, agrandie par celle du bébé qu'il porte à bout de bras, vient de toucher le corps d'un brahmane.

— Homme sans caste, dit l'homme, sais-tu que pour un intouchable, toucher un brahmane même avec son ombre est une offense passible de mort immédiate ?

Shandor sait que sa vie, qui n'avait déjà pas beaucoup de prix, vient d'un seul coup de perdre le reste de sa valeur. Terrifié devant la lame du couteau qui s'apprête à lui trancher la gorge, le gamin tend à l'homme son paquet sale, et implore sa miséricorde. Le brahmane, surpris par ce sac de riz qui braille et gigote, laisse tomber son couteau par terre. Shandor en profite pour déposer bébé Sehtou aux pieds du brahmane et se carapater à la vitesse de l'éclair. Sehtou le miraculé vient, par sa seule existence, de miraculer Shandor. Après avoir jeté un coup d'œil discret à l'apanage sexuel du bébé, le brahmane remporte le fardeau chez lui. Une fille aurait été immédiatement laissée sur le bord de la route, mais on ne jette pas un garçon, sauf quand on s'aperçoit à l'âge de deux ans que ledit garçon présente des troubles neurologiques et des retards certains. Alors on lui trace la route à l'envers, et on le dépose, un peu mieux habillé, un peu moins sale, un peu mieux nourri, aux portes de l'orphelinat qui aurait dû l'accueillir. On le jette avec quelques roupies dans les bras d'Andriya Deep, directeur, et de sa sœur Nallini, cuisinière. Sehtou grandit dès lors auprès d'eux et auprès de Shandor dont il a fait son frère et son héros. Tous les jours, il demande à Shandor de lui raconter l'histoire de sa naissance. Il frémit lorsque son frère joint le geste à la parole : il voit l'écran du Sony brandi au-dessus de sa tête, comme s'il y était. Il entend la voix basse du brahmane que Shandor imite à la perfection, il hurle de peur à la seule pensée du couteau tout prêt à trancher la gorge de son frère chéri.

Pendant sept ans il vit ainsi, comblé d'amour, glanant les choses essentielles qui font de lui cet être magnifique et simple. Le jour de son probable anniversaire, un couple de Français hippies en pèlerinage à Katmandou vient toquer à la porte de l'orphelinat. Ils se sont égarés et demandent l'hospitalité à Andriya Deep, le temps de faire rapatrier des fonds de France. Ils tombent aussitôt sous le charme de Sehtou et décident de l'adopter et de le ramener au pays.

Les yeux huileux de Sehtou brillent lorsqu'il se remémore les senteurs douces et âcres de son pays, les seins chauds et accueillants de Nallini et les sourires du frère d'infortune qu'il n'a jamais revu.

Je le serre dans mes bras et me sauve après l'avoir remercié mille fois pour ce beau cadeau qu'il m'a fait, pour ses conseils précieux d'homme précieux.

4. Le Bouquet

J'ai juste le temps de passer à la bibliothèque pour tout apprendre sur le langage des fleurs. Je ne laisserai rien au hasard, je veux un savant mélange d'essences, aux messages précis et « irristibles ».

Après avoir consulté le chapitre orchidées, j'attaque les asphodèles. Les pivoines et les freesias m'enchantent. Les roses m'entraînent dans un voyage psychédélique. Je ne suis plus qu'une vaste plate-bande. Heureux, je m'endors, ivre d'imaginaires fragrances, après avoir avancé l'heure de mon réveil à huit heures, pour avoir le temps de me rendre au marché aux fleurs avant d'aller travailler.

— Nom et prénom, raisons de la visite ?

C'est Patricia, l'hôtesse d'accueil de chez Gounaud SARL qui, de sa voix nasillarde, m'a stoppé net à l'entrée.

Je suis l'homme à la tête de bouquet. Je suis un bouquet sur pattes. L'homme botanique polyflore qui va conquérir le cœur de sa rose !

Rougissant, je penche avec peine la tête de côté pour qu'elle me reconnaisse. Je souris bêtement alors qu'elle s'exclame :
— Ah ça, m'sieur Pratou, ça, c'est le bouquet !

Heureux, je monte les escaliers avec précaution, m'efforçant de ne pas froisser la moindre feuille, le moindre pétale de la merveille multicolore que je viens de concocter avec l'aide inestimable de Mahjid, poète floral, stand 42, angle rue de l'Abondance.

Je trépigne d'impatience. Quatre heures de torture avant l'heure de la cantine, quatre heures à inspecter ma tenue, à arracher un bourgeon anarchique qui menace l'équilibre de mon offrande, inspecter de nouveau le col de ma chemise et à contrôler dix fois la hauteur de mon épi.

Pour tuer le temps entre deux vérifications, je décide de mettre de l'ordre dans mon bureau. Il me prend une réelle frénésie de nettoyage, comme un besoin de purification avant le grand saut. Je jette des monceaux de papiers, d'objets inutiles, ceux qui appartenaient à cette autre vie, la vie d'avant Josette. Je ne conserve que ce qui est neuf, ce que je viens d'acquérir pour lui plaire. Tout sur terre devient ordures. Un bureau, une maison, tout n'est qu'une grande poubelle en devenir, contenant ce que l'on y a accumulé et qui lentement dépérira.

Tout se jette à la fin… Même nous.

Je suis en sueur et je ne me suis même pas aperçu de l'heure tardive. Je suis en retard de trente minutes. Toutes les tables seront prises, il ne restera plus de gigot purée et je n'aurai plus que dix minutes pour faire ma déclaration avant la fin de l'heure de table.

Je m'empare du bouquet comme d'un bouclier et me précipite au rez-de-chaussée, ne prenant même pas la peine d'attendre l'ascenseur. Je dévale les escaliers quatre à quatre, au risque de me faire une double fracture du péroné. Haletant, je pousse d'une main la porte à double battant.

J'entre. Le bruit est assourdissant, la salle est comble. Je cherche ma Rani Josette des yeux, ne la trouve pas dans la foule. Je m'avance avec peine dans les allées, protégeant mon cadeau floral des gestes maladroits des employés. Je suis le gardien d'un Graal odorant. Je pourfends la foule comme un chevalier pitoyable, esquivant les assauts des plateaux du temple Cantine !

Et tout à coup, la voilà. Auréolée de lumière comme une sainte, elle reluit dans le néon de l'espace café. Et elle parle et parle entre deux bouchées de salade avec Rose, la secrétaire de Blain. Elle glousse de manière charmante, ponctuant chaque phrase d'un tapotement amical sur la cuisse de son interlocutrice.

Je prends une grande respiration et m'avance vers elle, cherchant l'appui de son regard pour continuer mon chemin. Son regard intrigué, puis perplexe, puis horrifié. Les bras bien tendus pour lui présenter mon offrande, je m'agenouille sur le sol sale et collant de la cantine. Avant qu'elle n'ait eu le temps de prononcer le moindre « oh ! », je laisse sortir de ma bouche le flot incandescent de mots d'amour qui l'habitent depuis le jour fatal où son chariot a croisé ma route. Je ne m'aperçois pas tout de suite qu'autour de nous le silence s'est fait, peu à peu, et que seule ma voix résonne au milieu des cliquetis des couverts.

Tout le vocabulaire courtois y passe, toutes les répliques des films de cape et d'épée et, pire encore, mes mots à moi, mes mots de Jean Pratou, mes mots d'adolescent malheureux, mes mots d'homme de rien face à son tout. Lorsque la dernière perle est sortie de mes lèvres, et qu'enfin je m'octroie le luxe d'une respiration, j'ose lever le regard vers ma déesse.

Elle a la joue gonflée d'un morceau de camembert qu'elle a de la peine à avaler, tant elle rit. Une secousse de fou rire déforme, un peu plus, son visage en une grimace atroce, un rictus, une cicatrice qui prolonge ses lèvres pincées.

Une fois le camembert expulsé grâce à un hoquet plus vigoureux que les autres, un « HA » tonitruant sort de la bouche framboise, suivi d'une cascade d'autres « HA » qui la font rouler en boule sur la banquette. Elle est incapable de prononcer un mot, en apnée jubilatoire, étalée sur les cuisses de Rose qui s'esclaffe à son tour, bientôt imitée par la cantine tout entière.

Mes bras tendus se sont figés autour du bouquet. Autour de moi se déploie l'hilarité générale. Josette respire avec peine, en tendant vers moi ses bras munis d'un bouquet invisible. Elle imite mon geste, le ridiculise. Bientôt, l'entière assistance des salariés de Gounaud SARL import-export de produits céréaliers reproduit le geste. Les secrétaires oxygénées, les gros fonctionnaires à la bouche pleine de miettes, les cadres au rire gras, les sous-fifres et les livreurs, tous imitent mon geste d'amour.

Je suis seul au milieu d'une forêt de bras tendus. Des bribes estropiées des phrases de mon discours fusent de toute part, mêlées à une cacophonie de rires. Je suis sacrifié à l'autel de leurs railleries, lapidé par leurs commentaires désobligeants et anéanti par l'humiliation.

Josette me lance alors un regard si empreint de mépris et de dégoût qu'il me propulse hors de la pièce, les bras toujours tendus, agrippant mon bouquet comme s'il était une bouée de sauvetage.

L'humiliation est le plus efficace des véhicules : transporté à la vitesse de la lumière, sans savoir comment, je me retrouve chez moi. Les rires se sont tus, les sons aussi. Seul le battement assourdissant de mon cœur résonne dans l'appartement blanc. Machinalement, je dépose le bouquet dans un vase, me déshabille sous les yeux blasés de Josette l'Égyptienne qui s'ennuie sur mon plafond. J'enfile mon pyjama, me couche et m'endors aussitôt, assommé par l'écrasante peine, la cassure irrémédiable à laquelle mon adorée vient de me condamner.

Mon sommeil est blanc et sans rêves, comme si l'écran de ma mémoire avait été effacé.

Je suis lobotomisé par le malheur. Je n'ai plus aucune notion du temps ou de l'espace.

De temps en temps, à travers mes paupières mi-closes, il me semble percevoir des taches de couleur, l'éclat d'un rai lumineux, la sensation d'une alternance de jours et de nuits qui s'écoulent sans que j'en prenne réellement conscience.

Je n'ai ni faim ni soif. Je n'ai plus de corps. Bercé dans un grand linceul, je me balance au gré des éléments, au-dessus de la douleur, au-dessus de la peine et de l'humiliation. Je ne suis plus qu'une âme vide et amnésique qui se laisse aller.

Un grand fracas me sort brutalement de cette douce et amère léthargie. C'est Robert le chat. Pour me signifier que son bol de croquettes est vide, il a grimpé de fauteuils en chaises, jusqu'à la table, s'est dressé sur ses pattes arrière et a nonchalamment appuyé ses pattes de devant contre le vase de « fleurs de Josette », afin de le fracasser volontairement par terre.

Je me réveille en sursaut, la bouche pâteuse, incapable de prononcer le moindre mot. Ma langue prend toute la place dans ma bouche, collée à mon palais comme un gros steak trop cuit.

Le seul son que je parviens à émettre est un grognement pitoyable qui ne réussit absolument pas à inquiéter Robert, trop occupé à me toiser avec son œil en coin, un mauvais sourire accroché à la moustache.

Je constate les dégâts: les fleurs éparses, l'eau verdâtre qui goutte et ne sent pas bon. Tiens, elles ont perdu toutes leurs couleurs! Leurs têtes pendent lamentablement au-dessus de vagues tiges noirâtres. La merveille d'hier n'est déjà plus qu'un boueux souvenir.

J'irai me plaindre à Mahjid! On m'avait pourtant vanté la qualité de ses produits! Je me lève d'un bond pour regarder l'heure. Tout va bien, huit heures, j'ai tout mon temps pour me préparer et arriver à temps au bureau. Je ne suis jamais en retard. Mon oncle disait toujours que j'avais une pendule greffée dans le cerveau.

Rituel du matin: je bois une bonne rasade d'eau, ouvre grand ma fenêtre, respire deux bolées d'air, esquisse deux rotations des bras en avant, puis en arrière, ouvre ma porte d'entrée pour y recueillir le journal déposé religieusement chaque jour par Mireille la concierge.

Mes pieds nus se figent devant une pile de journaux, disposés en colonne sur mon paillasson. Sept ! Il y en a sept !

Comment est-ce possible ? J'attrape le dernier de la pile : 29 mai. Frénétiquement je vérifie les dates des six autres : 28 mai, 27, 26, 25, 24, 23 !

Sept jours ! J'ai dormi sept jours sans me réveiller, sans que quiconque s'en inquiète, à part Robert à qui je dois mon réveil. Si je n'étais déjà au bord du désespoir, voilà largement de quoi m'y faire sombrer !

Sept jours évanouis de mon existence et dont personne ne s'est soucié, même pas Blain.

Blain ! Mon Dieu, il va me tuer, me renvoyer, me faire un procès !

Je panique, me blesse le pied sur un bout de verre et constate de nouveau le dégât pitoyable qui macule le milieu de la pièce : le vase cassé en mille morceaux, les fleurs mortes, éparses dans l'eau verte. Triste et alangui, je ramasse une rose Baccara fripée. Aussitôt, une décharge électrique crispe mes doigts autour de la tige. Je ne peux m'en libérer ! Une chaleur fulgurante envahit tout mon être. Que se passe-t-il ?

Ce n'est pas possible ! La tige flétrie verdit au contact de ma main ! Dans un glouglou de ruisseau, la sève jaillit et redresse la fleur, lui restituant sa forme et sa couleur originelles !

Le souffle coupé, je lâche la rose, immobile et hagard devant le spectacle inimaginable qui vient de s'offrir à mes yeux.

La fleur tombe à mes pieds, splendide à côté de ses sœurs moribondes.

Je me frotte les yeux, je me pince. Réveille-toi, Jean ! Monsieur Blain va te coller au tableau du déshonneur ! Sept jours d'absence non justifiée ! Il va en faire une coqueluche !

J'ouvre les yeux lentement. Elle est là. Encore plus veloutée, rouge et ourlée qu'elle ne l'était lorsque, dernière touche au somptueux bouquet et manifeste de mon amour, je l'avais choisie. Je m'approche lentement et tends une main tremblante vers les restes du bouquet éteint qui jonchent le parquet.

Vite, d'un geste large, j'en rassemble une brassée. Aussitôt, mes bras fourmillent sous l'effet de mille volts, le bouquet se met en vie et se tortille, forçant les tiges à se redresser, illuminant les fleurs passées de leur couleur d'antan. Le bouquet entier s'est régénéré au seul contact de mes doigts ! Les parfums moisis qui s'exhalaient de leurs cadavres ont retrouvé leurs fragrances, embaumant la pièce d'un enivrant mélange qui me monte à la tête !

Je pousse un cri muet. Aucun son ne peut traduire ce spectacle. Je lâche le bouquet, faisant virevolter les fleurs autour de moi, je recule devant l'improbable magie, me sauve, pris d'une panique incontrôlable. Je suis fou, ça y est, je suis devenu fou !

Je claque ma porte derrière l'impossible, pour le faire disparaître.

Le claquement de la porte a fait sursauter Mireille qui balayait à l'étage inférieur en chantant très fort et très faux « La vie en rose ».

Elle lève la tête vers moi, pas contente :
— Ah non, m'sieur Pratou, j'vous l'ai dit cent fois : on claque pas la porte ! Ça fait peur à Titi et après y m'fait des coliques ! Et puis qu'est-ce que c'est que cette tenue ? Vous z'allez pas aller travailler comme ça quand même ?

Je suis en pyjama. Je suis sorti en pyjama de chez moi. Je bredouille deux mots d'excuse et descends les marches sous le regard soupçonneux de Mireille. J'essaye de me donner une contenance. Mais je bous à l'intérieur, je ne suis plus qu'une grande question, qu'une insurmontable terreur. La respiration haletante et les jambes flageolantes, je manque de tomber et me retiens de justesse à la rambarde. Je ressens de nouveau cette sensation électrique. Je ferme les yeux en grimaçant alors que ma main se crispe sur le bois lustré par un demi-siècle de mains poisseuses. J'entends un grand cri à l'étage inférieur. J'ouvre les yeux…

La rambarde a repris sa splendeur première !

Elle rutile de tout son bois verni, intacte et splendidement gravée d'angelots que je n'avais jamais distingués auparavant. N'entendant plus de bruit, je penche légèrement la tête et vois Mireille, figée sur ses grosses jambes variqueuses, la bouche encore ouverte sur son cri et les yeux écarquillés.

Elle est nez à nez avec l'ange neuf qui lui fait face, assis nonchalamment sur le bout de sa rambarde. Elle en a laissé tomber son balai qui gît comme une arme potentielle dans la poussière. Me voyant avancer vers elle, elle s'en saisit et hurle :
— Qu'est-ce que vous avez fait à ma rambaaaaarde ?

Son cri me surprend tellement que je rate une marche et dévale quelques degrés. J'essaye péniblement de me relever, m'agrippant à la marche lustrée et nouvellement cirée par Mireille. À peine ma main posée sur le bois, une nouvelle décharge me secoue. Sous mes yeux et ceux de Mireille, l'escalier entier reprend ses couleurs d'antan, de marche en marche, comme si la main d'un géant avait amorcé la cascade d'un jeu de dominos de chêne. Mireille fait un bond en arrière et esquisse un signe de croix sur sa poitrine.

— Vade retro Satan Pratou !

Je m'avance vers elle pour tenter une explication. Elle se saisit de son balai et me repousse de sa brosse pleine de moutons. Mireille est une Walkyrie en bas de contention ! Elle me hurle des insanités religieuses, alors que je remonte les marches qui me relient à mon appartement. Fébrilement, je cherche mes clés et parviens, juste à temps, juste avant d'être assommé par un balai vengeur, à ouvrir ma porte et la refermer sur Mireille. J'ai le regard figé sur le trousseau que je tiens encore à la main. Il a subitement perdu toute sa patine.

Je reprends mon souffle.

Une odeur de peinture fraîche agresse mes narines.

Je suis contraint d'abandonner à ma porte suintante de Ripolin, la veste de mon pyjama qui y est restée collée.

Que vient-il de se passer ?

5. Du neuf

En quelques minutes, toutes mes certitudes, tous mes repères se sont évanouis. Je suis cartésien, mathématique et pragmatique, je suis cartésien, mathématique et pragmatique, me dis-je en boucle comme un mantra.

Torse nu et frémissant, j'observe cette pièce que je connais par cœur. Robert me toise du haut de la table où il a cru bon de se jucher afin d'éviter de se couper les coussinets avec les éclats de verre qui jonchent mon salon. Au milieu de ce désastre, les fleurs ressuscitées me narguent de toute leur splendeur, neuves et étalées sur mon parquet comme un parterre improbable.

Je suis seul avec moi-même, seul avec des fleurs neuves, par terre, qui me narguent, des fleurs qui ont sept jours, des vieilles fleurs qui sont plus belles encore qu'à leur première apparition, des fleurs qui ruissellent de rosée comme si je venais de les cueillir !

C'est moi, Jean Pratou, qui ai opéré ce miracle. Moi seul. J'ai fait du neuf avec du vieux.

Robert ronronne, pour toute réponse à la phrase que je viens de répéter tout haut. Il saute de la table avec élégance et enjambe, de ses trois pattes et demie, le bouquet reconstitué. Tout cela est bien joli, mais il a horriblement faim depuis sept jours qu'il n'a plus accès à ses croquettes, et rien, aucune considération botanique, en ce moment précis, n'est plus important que le paquet de KIT KAT neuf qui se trouve très exactement, il le sait, dans le deuxième placard sous l'évier à côté du Jex et du seau en plastique bleu. D'ailleurs, il se dirige, la queue bien droite en l'air, et gratte avec insistance la porte déjà toute striée.

Je comprends ta faim, Robert, moi-même je louche sur le quart de baguette défraîchie qui traîne sur mon comptoir et qui me rappelle que je n'ai rien mangé depuis sept jours.

Mais oui, bien sûr, tout s'explique! Tout ceci n'est que le produit d'une hallucination due à la privation de nourriture, car Jean Pratou ne fait pas de miracles. Jean Pratou ne croit pas aux miracles.

Depuis l'abandon de sa mère, et l'humiliation de Josette, Jean Pratou ne croit plus à rien. Aucun Dieu ne croise sa route, aucun dogme ne le serre entre ses griffes. Tout comme ce Don Juan qu'il a toujours rêvé d'être, Jean Pratou croit qu'un et un font deux et que deux et deux font quatre. Qu'aucun être supérieur ne régit sa vie. Ni aucune autre vie d'ailleurs. Que tout finit ici-bas. Jean Pratou ne croit pas à la magie parce que rien de magique ne lui est jamais arrivé et qu'il déteste les tours.

Les tours, il connaît, et surtout les mauvais. Les mauvais tours de passe-passe de ses gentils cousins : les brûlures de cigarette stratégiquement placées pour les rendre invisibles, abracadabra ! Les objets et joujoux chéris qui disparaissent, volés, détruits, escamotés, étêtés et souillés, abracadabra ! L'eau claire du bain qui se métamorphose en mare de sang sous les taillades du rasoir, abracadabra ! Miracle ! Apothéose !

Et les larmes qui coulent toutes seules, sans trucage, sans oignon, c'est pas de la magie, ça ? Si, pour une fois, on pouvait y croire ? Si moi, Jean Pratou, je pouvais être une créature douée de magie ?

Je tends les doigts vers le pain gris et sec, abandonné depuis sept jours sur mon comptoir. Je touche du bout de l'index la croûte périmée, tel Adam tendant son doigt vers celui du Créateur, au plafond de la chapelle Sixtine.

Pfuitt ! La baguette se met à croître en craquelant jusqu'à la totalité de ses cinquante-cinq centimètres réglementaires, refermant en un arrondi suave le croûton amputé.

Je deviens fou, on va m'interner. Je n'ose m'approcher de ce qui vient de se reconstituer.

Est-ce comestible ? Malgré ma grande faim, je n'ose avaler ce produit de mon imagination !

Si mes premières interventions pouvaient tenir du miracle exceptionnel, voici qui semble confirmer que je serais capable de miracles à répétition !

Une odeur délicieuse et irrésistible se dégage du pain reconstitué. D'ailleurs, je n'y résiste pas et le croque à pleines dents, le reconstituant à mesure que je le mange. Si je n'étais pétrifié de peur, je trouverais cela très amusant… et très économique. Il y aura du pain frais pour ce soir, plus besoin de passer à la boulangerie !

Dix heures à la pendule de la cuisine qui est toujours en retard ! Blain va me tuer. Bizarre qu'il ne m'ait pas déjà assailli de coups de fil. Vite, assez traîné ! Je me prends les pieds dans une jambe de pyjama à moitié enlevée, attrape une chemise au passage dans la pile de chemises… qui reprennent aussitôt leurs couleurs d'antan. Je finis d'enfiler les chaussures que je viens de ressemeler d'un seul toucher du doigt. Le cuir souple vient de se rigidifier… Flûte ! J'avais enfin réussi à les faire !

Je vais avoir des ampoules. Je me rue vers la porte d'entrée, glisse sur la moquette élimée et me rattrape de justesse, posant la main sur l'ignoble papier peint graphique, lubie de ma tante, qui en avait recouvert l'entrée en 1969.

Aussitôt, et à mon grand déplaisir, les carrés orange et vert affadis par le temps se tordent en spirales et reprennent leurs couleurs vives et psychédéliques. J'avais oublié combien cela pouvait être laid, et hypnotique. Je m'assure par le judas que ma Walkyrie de concierge ne m'attend pas au coin de l'escalier et sors discrètement, prenant soin de descendre l'escalier flambant neuf sur la pointe des pieds. L'avantage est qu'à présent les marches ne craquent plus !

Au rez-de-chaussée, je fais des acrobaties ahurissantes pour passer sous la fenêtre de la loge. Plus que quelques mètres et je serai hors de portée de la bigote, qui me prend pour le diable personnifié.

Ouf! Le portail ! Ma main, à peine posée sur la poignée, lui redonne en une seconde sa jeunesse de cuivre étincelant et l'empêche de grincer. Libre !

Je détale comme un lapin et ne m'arrête de courir qu'une fois hors d'atteinte de l'œil de lynx de Mireille, de l'autre côté du carrefour. Mais c'est que ce nouveau pouvoir commence à m'amuser !

Goûtant le plaisir que m'offre la lumière de cette fin de printemps, je me plais à réfléchir à l'étendue de mes nouvelles possibilités. Le seul fait d'être subitement devenu un être de pouvoir, moi, Jean Pratou, l'invisible, d'avoir dormi sept jours et de m'être réveillé avec ça, avec ce don-là, avec un don tout court, moi à qui l'on n'a jamais rien donné, me comble d'émerveillement. Je ris tout seul dans la rue. Parce que ce miracle impossible rend tous les autres possibles, parce que plus rien ne peut se mettre en travers d'un destin que je croyais minable, petit et sordide, mais qui vient de faire de moi un être exceptionnel.

Tout au long de la route qui me mène au bureau, je me demande si je suis le seul à m'être réveillé comme ça, comme une étrange Belle au bois dormant. Une Belle au bois dormant dotée du secret de l'éternel renouveau.

La race humaine aurait-elle subi une mutation durant ces sept derniers jours ? Une mutation accordée par un Dieu clément, fatigué de nous infliger notre propre mortalité ?

J'en guette les moindres signes dans la rue. J'observe les moindres gestes des concitoyens que je croise. Non… tout me semble normal. Ce clochard, là, qui caresse de ses mains crasseuses son vieux chien à l'arrière-train paralysé… J'attends dix secondes… Je compte… Rien ! Le chien est toujours aussi pelé, aussi amorphe, aussi boiteux. Cette petite fille qui a cassé le bras de sa poupée et qui la secoue en pleurant sur les marches de l'escalier… Un, deux, trois, quatre, cinq… Rien ! Aucun miracle en vue ! Sa poupée démembrée souffre toujours en silence.

Je m'approche de la petite pour l'aider, mais elle me fuit en courant, laissant sa poupée mutilée sur la marche. Nonchalamment, je fais repousser le membre et laisse la poupée à nouveau intacte, bien en vue, sur le haut de l'escalier. Et comme je ne suis pas mauvais bougre, je rénove, en passant, le vieux chien du clochard. Hébété devant la toison abondante de son toutou qui jappe joyeusement en courant après sa queue, l'homme secoue la tête et vérifie le contenu de sa bouteille pour y trouver les raisons de son hallucination.

Content de moi-même, je poursuis ma route en sifflotant. Je chante des airs improbables, je suis futile et important à la fois, gonflé de cette toute nouvelle sensation de fierté, heureux au point d'oublier l'humiliation de la veille, enfin d'il y a sept jours…

Ma douce sérénité ne dure pas longtemps ! À peine arrivé au bureau, mes gentils collègues se hâtent bien de me rappeler ma déconvenue « josettienne ». Les filles, surtout. Elles sont les plus méchantes avec leurs regards en coin et leurs grimaces sous cape. Gardon, qui tient toujours à briller devant le sexe faible, sans doute s'imaginant qu'ainsi son propre sexe ne le sera plus, me tend, avec une révérence ridicule, une poignée de fleurs en plastique qu'il a piquées dans le faux parterre de l'entrée. Mais je poursuis ma route sans même lui accorder un regard, fort du trésor caché que je suis le seul à connaître.

Dans la sécurité de mon cubicule, je m'autorise un instant de réflexion. D'accord… j'ai hérité on ne sait pourquoi et comment d'un pouvoir improbable, d'un pouvoir dont je suis, pour l'instant, le seul dépositaire, d'un pouvoir qui risque à jamais de changer ma vie et dont je ne connais pas encore les tenants et les aboutissants… Le mode d'emploi en quelque sorte. Puis-je le contrôler ? Puis-je l'éteindre ou le rallumer en moi au gré de mes envies et de mes besoins ? Où se trouve l'interrupteur ? Doit-il rester secret, ce pouvoir ? Et dans quelle mesure peut-il rester secret lorsque ses effets se manifestent ? Doit-il servir au bonheur du genre humain ou rester un pouvoir égoïste dont je serai le seul à jouir ?

J'observe par la fenêtre le cheminement inlassable des nuages qui suivent leur route vers l'est, la fumée de l'usine proche qui se mêle aux feuilles grises des deux seuls arbres du quartier… J'entends les « clics-clacs » de la photocopieuse, le léger brouhaha des secrétaires. La bande-son répétitive de ma vie jusqu'ici. Je me dis que le monde fait son boulot de monde autour de moi, mais que plus rien ne sera jamais pareil. Alors, mû par une conviction irrépressible, je sors de mon bureau et fais irruption dans celui de Gardon. Il ne s'attend pas à mon intrusion, et continue à agiter frénétiquement sa main dans son pantalon, le nez vissé sur son écran d'ordinateur. J'assiste, de nouveau, aux ébats presque gynécologiques de deux créatures blondes, plastiquement irréprochables. Leurs jambes s'agitent de soubresauts, elles ouvrent la bouche et montrent des rangées de dents impeccables, haletant en une grimace paroxystique. Je m'avance d'un pas sûr. Je me sens la force d'un titan en envoyant valdinguer le bureau de Gardon contre la fenêtre, arrachant les câbles de l'ordinateur qui, sous l'impulsion, traverse la vitre. Les deux créatures blondes restent un instant suspendues dans les airs, au septième ciel, puis sont entraînées dans leur chute, pour aller s'écraser, dans un fracas de verre, de sexe et d'informatique, trois étages plus bas. Gardon, la bouche ahurie et la main encore vissée dans sa culotte, reste un instant immobile alors que je tourne les talons pour sortir de son bureau et de l'immeuble. Je l'entends hurler :

— Monsieur Blain ! Y a Pratou qui a pété les plombs !

Aussitôt, de chaque recoin du bureau, comme issus d'une fourmilière, les salariés de Gounaud SARL se faufilent jusqu'à moi. On se presse, on me coupe la route. Mais ma détermination est telle, que la marée de fonctionnaires s'ouvre devant moi comme la mer Rouge devant Moïse. Puis Josette apparaît, superbement menaçante derrière son chariot qu'elle jette en travers de ma route comme une amazone en colère. Nos regards se croisent, longtemps, intenses. J'applique la « tactique du chat ». Je tiens bon, cette fois, je la force à baisser les yeux. Je suis plus puissant qu'un géant, plus beau qu'un Apollon. La voilà un instant décontenancée. Je remarque même un charmant petit frémissement, au bord de sa lèvre, qui trahit son émoi. Je lui souris, victorieux.

Elle pousse de côté son chariot pour me laisser passer, mais la foule la rappelle vite à l'ordre :
— Le laissez pas passer !
— Il est devenu cinglé !
— Retenez-le, ce taré !
— Appelez Blain, il va tous nous tuer !

Malgré leurs invectives, rien ne peut plus m'arrêter. Je franchis le sas du premier étage, ouvre la porte de la réserve dans laquelle on a rangé Sehtou comme un balai en plus. Il faut que je lui montre. Lui seul, lui qui ne sait pas mentir, saura me dire l'état de ma santé mentale, lui seul pourra établir que tout ceci est bien réel et non le produit de mon imagination. Il n'a pas l'air plus surpris que ça et me suit docilement jusqu'à la cour dans laquelle trônent les débris de l'ordinateur de Gardon, éclaté en mille morceaux sur le bitume. Les salariés m'ont suivi jusqu'au pas de la porte, comme si un champ magnétique invisible les retenait malgré eux à l'intérieur. Sehtou, lui, s'approche doucement, empreint de terreur. Il revoit l'écran brisé de sa naissance, le Sony meurtrier brandi au-dessus de sa tête de nouveau-né.

Je comprends aussitôt ce qu'il ressent et me penche vite vers la carcasse de l'ordinateur pour le soulager de cette vision. Je tends la main. De nouveau, une curieuse chaleur électrique fait frémir mes doigts alors que je touche l'écran qui se reconstitue immédiatement. Aussitôt, le clavier écrasé et les autres éléments électroniques viennent s'agglutiner autour du moniteur comme des toutous obéissants, jusqu'à reconstitution complète. L'ordinateur de Gardon a repris son aspect flambant neuf d'il y a cinq ans.

Un silence de mort a fait place aux injures et aux invectives. Les salariés sont comme peints sur le seuil. Triomphalement, je me relève avec un « et hop ! » de magicien de music-hall. C'est tout juste si je ne salue pas, le sourire modeste, une main sur le cœur. Sehtou saute de joie. Il fait des petits bonds, exécute un ballet digne de Bollywood. Gardon, lui, tel un méchant cow-boy de western spaghetti, avance lentement, en chaloupant du derrière, vers son ordinateur. Je lui fais face, du haut de ma petite taille. Sans me quitter du regard, Gardon s'agenouille auprès de son joujou tout neuf. Il caresse tendrement l'écran, laisse traîner ses doigts sur le clavier comme s'il exécutait un glissando au piano. Il lève des yeux pleins de larmes vers moi, m'adressant un « merci » silencieux. Puis il se lève d'un bond et me prend dans ses bras sous les vivats de la foule. Un à un, les salariés viennent constater le miracle.

— C'est pas possible ? Il y a un truc !
— Comment ça marche ?

— Où t'as appris à faire ça, Pratou ?

Et voilà que dans la foule sans visage, apparaît celui de Josette, qui se fraye un passage, curieuse et intriguée.

Oh non… La voilà qui s'approche vers moi, tendant sa ravissante petite main vernie de rose vers l'ordinateur tout neuf. Je tremble de tous mes membres. Elle me regarde d'un air suspect. Elle ouvre la bouche pour me poser une question. Mais je n'entends rien. J'ai les yeux rivés sur cette bouche, ces lèves roses et luisantes du gloss qu'elle vient sans doute d'appliquer, ces lèvres…

— Qu'est-ce que c'est que ce rassemblement ? Y a pas eu de préavis de grève que j'sache ! Allez travailler, bande de feignasses !

C'est Blain. Attiré par le brouhaha, il accourt, de toute la force de ses petites pattes. On dirait un crabe en colère. Il a la clope au bec et l'œil mauvais.

Je renonce en une seconde à la rêverie érotique qui mettait en scène les lèvres roses de Josette et plusieurs parties de mon anatomie.

Blain, lui, s'active autour des « manifestants sans cause ». Il les pousse comme un éleveur de bétail pour les faire rentrer au bercail, jette son mégot encore allumé à mes pieds, me toisant du regard.

— Encore vous, Pratou ? Qu'est-ce que c'est que cette chienlit ? Une semaine d'absence non justifiée et ça se permet de faire du chahut ?

Les réflexes conditionnés ont la vie dure. Je me recroqueville automatiquement, comme je l'ai toujours fait sous l'effet de ses remontrances. Je remarque que son mégot encore allumé commence à entamer le cuir de mes chaussures. Je le ramasse sans y penser et m'apprête à le jeter dans le cendrier de l'entrée lorsque… pfuitt !

La cigarette s'est reconstituée sous les yeux écarquillés de Blain.

Un « oh » général accueille ma nouvelle prouesse. Blain, médusé, hypnotisé par la Sainte Clope, a le souffle coupé. Plus aucune invective ne sort de sa bouche. Après une minute de torpeur, il m'arrache la cigarette des mains et l'examine sous toutes ses coutures. C'est bien la même, la même Winston filtre qu'il fume depuis quarante ans, et qui porte encore quelques traces de sa bave jaunâtre.

— Qu'est-ce que c'est que ce cirque, Pratou ?
— Je n'y peux rien, monsieur Blain, ça se fait tout seul. Je me suis réveillé comme ça. Tout ce que je touche de vieux devient neuf.
— Ça suffit, Pratou ! Vous êtes tombé sur la tête ? Je sais pas à quoi vous jouez, mais je vous préviens, vous pouvez toujours courir pour l'arrêt maladie.

Le brouhaha des salariés qui commentent l'événement rappelle le chef à sa fonction première : ramener ses ouailles « trente-cinq-heurardes » dans le droit chemin – qui devant son ordinateur, qui devant sa photocopieuse –, et ce, le plus rapidement possible, les dix minutes de pause réglementaires ayant été largement dépassées.

— Gardon ! Que fait cet ordinateur dans la cour ? Remontez-moi ça tout de suite ou je vous colle un blâme pour utilisation abusive du matériel !

Je ne peux m'empêcher de laisser échapper un fou rire en pensant à la réelle « utilisation abusive » du matériel de Gardon, la très masturbatoire utilisation abusive que j'ai interrompue en jetant son ordinateur par-dessus bord !

— J'ai dit quelque chose de drôle, Pratou ? On verra si vous rirez autant quand j'aurai retiré sept jours à votre fiche de paie !

Le reste de la journée se déroule sans que je m'en aperçoive. Il règne une atmosphère étrange au bureau. On chuchote, on se questionne, on me surveille, on m'épie, on me considère avec un je-ne-sais-quoi de révérence, ou de peur. Je fais l'objet de mille suppositions. Des têtes autrefois inconnues apparaissent au coin de mon cubicule.

Je n'ose plus rien toucher de vieux, de peur de susciter une émeute. La seule complaisance que je m'autorise, mon petit plaisir coupable à l'heure du déjeuner, est de reconstituer mon sandwich à moitié dévoré. Rien n'est plus amusant à constater que la renaissance de la tranche de jambon, la résurrection de la feuille de salade cuite, qui retrouve sa verdeur de jeune pousse. Seul problème : le sandwich à peine empoigné se reconstitue à chacune de mes bouchées !

Pour éviter l'indigestion, je suis donc contraint de le manger en faisant des acrobaties incroyables, le posant en équilibre sur le bord de ma table, pour ne pas avoir à le toucher de mes mains magiques, car il semblerait que seules les extrémités supérieures de mon anatomie puissent agir sur la matière.

Je fais quelques expériences. J'ai beau asseoir mon popotin sur une chaise bancale, elle ne se reconstitue pas pour autant ; mais si je l'effleure de mon index, pfuitt : la voilà solide comme au premier jour.

Il est très difficile de manger un sandwich sans utiliser ses mains. À genoux, la bouche ouverte face au bord de mon bureau, je happe les aliments qui s'éparpillent partout ailleurs que dans ma bouche. J'essaye plusieurs techniques, mais aucune n'est très probante et c'est dans cette position humiliante, agenouillé, la bouche ouverte, les mains dans le dos, la chemise constellée de tomate et de mayonnaise que Josette me découvre. Elle se tient, embêtée, sur le pas de ma porte, dansant d'une jambe sur l'autre.

J'avale avec peine une bouchée triomphalement arrachée au sandwich récalcitrant et lui sourit, un bout de salade coincé entre deux incisives. Elle hésite deux secondes, hausse les épaules et s'enfuit, en gloussant, rejoindre ses collègues cachés derrière la porte.

De rage, j'abandonne mes acrobaties, saisis de nouveau le bout de sandwich qui se remet aussitôt à neuf et le balance violemment contre la porte. Je regrette immédiatement mon geste. Ma douce maman détestait qu'on joue avec la nourriture. Une tomate orpheline glisse le long de la plinthe, laissant une traînée huileuse. Je m'en veux de ce gâchis !

Et c'est alors que je mesure les conséquences de ce don inouï qu'on m'a insufflé. Je pourrais, à moi seul, éliminer la famine sur terre, reconstituer les ordures humaines jusqu'à leur forme première et nourrir ainsi ad infinitum mes frères humains. Jésus n'a qu'à bien se tenir avec son tout petit show ridicule de la multiplication des pains ! Ce que je fais, moi, est grandiose, illimité ! De l'homme de rien, me voilà devenu bienfaiteur de l'humanité !

Gonflé d'espoir, j'allume mon ordinateur et me mets en quête d'associations caritatives, pour leur proposer mes services de « New Messie », mais à chaque tentative d'explication, on me raccroche au nez après m'avoir agoni d'injures.

— C'est pitoyable ! Vous n'avez rien d'autre à faire que de vous moquer des pauvres gens ?
— Ça vous fait rire, le malheur des autres ? Arrêtez de me faire perdre mon temps !
— Je vous souhaite de vous retrouver à la rue, comme eux ! On verra si vous ferez autant le malin !

Comment leur reprocher ? Comment pourraient-ils croire à l'impossible vérité que j'ai tenté de leur faire avaler ? Moi-même je me demande si tout est réel ou si je n'ai pas été subitement projeté dans un monde parallèle où les Jean Pratou sont des gens exceptionnels et non de misérables petits vers de terre.

Ma mission, si j'en ai une, sera donc plus compliquée à réaliser que je ne le croyais. Il va falloir convaincre, prouver, leur faire la charité malgré eux…

Attristé par l'extrême cynisme de mes frères humains, je me remets au travail, m'attelant à l'ultra-concrète entreprise des calculs des charges de mon patron.

De temps à autre, je lance un regard vers la porte de mon cubicule. Je garde l'espoir secret d'y voir réapparaître Josette. Piteuse, elle se jettera à mes pieds, me demandera pardon, se livrera à mes moindres désirs…

Dans tes rêves, Jean Pratou ! Sans doute honteuse du traitement qu'elle m'a infligé, elle se tient à l'écart et part du bureau la première sans même m'adresser un aurevoir. À dix-neuf heures, je classe le dernier cahier de compte, et m'effondre dans mon siège.

Je suis épuisé, vidé de toute énergie. La lumière glauque des néons reflète mon visage dans l'écran éteint de mon ordinateur. J'ai une de ces têtes ! Des cernes violacés sous les yeux, ma peau est sèche et parcheminée.

Sehtou est parti depuis longtemps faire le ménage au premier. Je suis seul. Je suis seul, comme je l'ai toujours été, mais je garde en moi une sensation de fierté devant l'admiration que j'ai pu lire dans les yeux de mes collègues.

En sortant de mon bureau, je constate que les employés ont déposé devant ma porte une caisse débordant d'objets usés et cassés en tous genres. Je l'enjambe. On verra ça demain…

Ne plus penser, mettre de côté la journée extraordinaire qui vient de se dérouler, se confier à la nuit, s'abandonner à son oubli, se désaltérer de son obscurité.

Avant de m'endormir, je sens la chaleur de Robert qui est venu se poser sur mon oreiller, à deux doigts de ma tête, et qui me fixe de ses yeux immenses. Il étire sa patte et demie vers mon visage. Robert est beaucoup trop délicat et discret pour me demander directement une faveur, mais je comprends, je comprends tout de suite.

Je caresse le bout de son membre estropié et, dans un demi-sommeil, un sourire béat au coin des lèvres, je vois le moignon de Robert croître jusqu'à sa taille originale.

Pas même un miaulement de remerciement!

Robert observe avec intérêt sa nouvelle patte de velours, complète avec griffes rétractiles et coussinets roses intégrés. Il hésite un instant, me fait la grâce de sortir sa petite langue rose, et lèche avec entrain sa patte toute neuve.

Je m'endors.

6. Mode d'emploi

Je me réveille en sursaut à huit heures dix-neuf. Une mouche vient de tomber sur mon oreiller. Je louche sur ses pattes inertes, ses mandibules recroquevillées, la tache noire qu'elle fait sur la taie blanche. Raide morte, plus une once de vie dans l'insecte ! En temps normal, je l'aurais balayée de la main, d'un geste dégoûté. Mais là…

Voici l'occasion idéale pour tester mon nouveau pouvoir, constater s'il ne m'a pas échappé pendant la nuit.

Robert, que j'ai dérangé dans son sommeil, ouvre un œil blasé et consent à aller dormir un peu plus loin.

Je me redresse sur mon oreiller. Je retiens mon souffle, dans l'anticipation du miracle incertain. Je tremble en tendant un doigt vers la mouche inanimée. Je touche sa petite tête… Rien… Pas le moindre frémissement. Ses yeux globuleux ? non… Ils sont toujours immobiles sous leur fine membrane blanchâtre. Je prends l'insecte inerte dans ma main, le fais sauter dans ma paume. Rien, toujours rien.

Quoi ? On ne m'aurait donné ce cadeau que pour mieux me le reprendre ? On ne m'aurait accordé qu'un jour ? Un seul jour exceptionnel de toute mon existence ? On aurait joué aussi cruellement avec mes espoirs ?

Je pleure de rage, je hurle des obscénités à la mouche sourde. Je saute de mon lit et me blesse à nouveau le pied sur un éclat du vase brisé la veille par le chat. Je hurle de plus belle, sautillant sur l'autre pied en parsemant le parquet de gouttelettes de sang. Je ramasse les quelques éclats de verre oubliés et… Oh ! Cette sensation typique, ce frémissement électrique qui précède… Oui !

À partir du seul tesson, le vase s'est immédiatement reconstitué, capturant dans son cristal un éclat du soleil levant. Comme un idiot, je sanglote de soulagement. Je hoquette de gros sanglots d'enfant triste, l'enfant que l'on console d'un bonbon après la punition.

Il est là ! Le pouvoir est là. Il est toujours là. Mais alors pourquoi ? Pourquoi pas la mouche ?

Je la retouche, plein d'espoir… Mais non, elle ne bouge pas d'un iota. La mort l'a cueillie dans son destin de mouche et j'ai beau m'évertuer à la tripoter, lui faire un massage cardiaque à l'aide de mon petit doigt, la pauvre refuse catégoriquement de revivre. Il y a des limites à mon extraordinaire.

On ne m'a pas donné le pouvoir de faire revivre, uniquement celui de rajeunir, de faire du neuf avec du vieux.

Quelque chose, quelqu'un, s'est laissé la part belle dans la décision universelle de ce qui peut vivre ou mourir. Il va me falloir un tantinet rabaisser mon caquet, retrouver un poil d'humilité. Ce qui est mort doit rester mort, aucun tabou ne sera brisé, je m'en accommoderai.

J'enterre la mouche dans la terre de mon bégonia préféré, une sépulture digne pour cette créature qui a servi mon besoin d'expérimentation aussi efficacement qu'un rat de laboratoire. Tout guilleret, je vole vers le bureau où je m'apprête à vivre le jour « 2 » de ma renaissance.

À neuf heure trente, lorsque j'arrive, une dizaine de personnes m'attendent devant la porte de mon cubicule qui est déjà bondé comme la cabine des Marx Brothers ! Sans mot dire, je dépose sur mon bureau le lourd carton qui contient leurs détritus et machines inopérantes. Je prends un malin plaisir à faire durer le plaisir. Comme un vieil histrion, j'exagère mes gestes à chaque fois que je sors un objet de la boîte, faisant mine de me concentrer et roulant des yeux comme un charlatan de foire.

Sehtou, que j'ai recruté comme assistant de magie et secrétaire personnel, accueille les salariés à l'entrée de mon cubicule et s'assure que Blain ne rôde pas dans les parages. Il applaudit chacune de mes performances. Il est le chauffeur de salle de cet improbable spectacle.

Black hand Joe n'est plus, je suis l'homme aux mains de jouvence, un Homo Miraculus unique en son genre !

À chaque objet rénové, les fonctionnaires poussent un « ohhh » incrédule. Ils sont si fiers de leurs objets neufs ! Ils les comparent entre eux, se les jalousent comme des joujoux de Noël.

Je suis un peu surpris de voir apparaître Johnny, sosie approximatif du chanteur du même nom, et coursier officiel de Gounaud SARL. Il s'est toujours fait un malin plaisir de me tendre les pièges les plus idiots et les plus méchants : il roule exprès dans les flaques pour m'éclabousser de boue à chaque opportunité météorologique. Il coince ma porte avec une cale de bois à l'heure de la cantine et me dérange au téléphone avec des messages orduriers… Au Festival du plaisantin le plus nauséabond, Johnny recevrait à coup sûr la palme d'or. Mais voilà qu'il me fait à présent une cour effrénée. Il semblerait que le carburateur de sa Harley vintage laisse à désirer… Les pièces de rechange sont introuvables ou tellement chères pour son misérable salaire d'esclave. Si je consentais à m'occuper du cas de sa « pépète », comme il a surnommé son « terrible engin », il me vouerait une reconnaissance éternelle !

Il a l'air tellement malheureux et humble avec ses petits yeux implorants, que j'oublie en une seconde ses années de torture mentale, et le suis jusqu'au parking où il a garé sa « pépète ». Je n'ai jamais été rancunier. Nous endurons tous notre lot de tortueux chemins. Avec tout ce qu'on m'a fait subir depuis mon plus jeune âge, l'amertume de la rancune m'aurait à coup sûr empoisonné. Et puis, si mon intervention pouvait m'épargner de futurs harcèlements, je veux bien considérer cet être malveillant comme n'importe quel autre de mes confrères et accéder à sa demande !

Fier du nombre accru de pixels de sa dernière acquisition cellulaire (il change de téléphone portable comme je change de chemise), Johnny filme chacun de mes gestes. Il se prend pour un grand réalisateur, tourne autour de moi, zoome sur mes mains au moment crucial, et exécute un magistral travelling arrière pour élargir le cadre à la résolution de ma performance.

Coupez ! C'est dans la boîte !

Johnny sanglote de joie devant la vision de sa terriblement neuve « pépète ». Il la fait vrombir sous ses fesses, ivre de bonheur, et des nombreuses rasades de Jack Daniel's qu'il a tétées au goulot de sa flasque en métal argenté à cabochons de fausses turquoises, copie conforme de celle de Johnny, qu'il a achetée très cher sur le site du fan-club. Tout à ma joie, anesthésié par l'extraordinaire nouveauté qui est venue modifier mon ordinaire, je ne me suis pas douté de l'implication profonde de mes actes, pour moi, pour le monde qui m'entoure. Je n'ai même pas questionné le pourquoi de tout ceci. Qui en est responsable ? Quoi ? Suis-je malade ? Et quelle est cette étrange maladie ? A-t-elle un nom ? À aucun moment je n'ai songé, depuis deux jours, à aller voir un médecin, à chercher une explication rationnelle à ce qui m'arrive. Il serait peut-être temps ? Mais qui aller voir ? Quel spécialiste ? Un « miracologue » ? Un « mystèrologue » ? Quel que soit le « logue » adapté à ma situation, je me demande ce qu'il trouvera dans ma prise de sang. Que verra-t-il dans un scanner ? Quel OVNI tumoral inexplicable se révélera responsable de l'inexpliqué ?

Dans le doute, je prends rendez-vous avec le docteur Boulet, généraliste homéopathe qui me suit depuis que je suis arrivé à Saint-Étienne, tout abandonné et anémique.

Il est très difficile d'expliquer à un homme de science, même un homéopathe, que l'on est devenu, en une semaine, l'équivalent moderne du super-héros des comics Marvel qu'il dévorait dans son enfance.

Voilà longtemps que le docteur Boulet a laissé son enfance sur le seuil. À force de remédier à la dégénérescence de ses contemporains, à force de contacts permanents avec la fragilité de nos mécaniques imparfaites, le docteur Boulet a vu son enfance se faire la malle, après lui avoir signifié, avec un doigt d'honneur expressif, qu'il était désormais rangé dans la case rationnelle, cartésienne et résignée des « vieux ». Je vais donc courir le risque de me faire interner sur-le-champ, mais j'ai besoin de savoir. D'autant que ce pouvoir, amusant pour l'instant, risque de devenir gênant s'il m'échappe. Je n'ai toujours pas trouvé son mode d'emploi ni appris à le maîtriser et à le contrôler.

Quel que soit l'objet vieux que je touche, il se rénove immédiatement, mais jusqu'où puis-je aller ? Y a-t-il un degré à ce pouvoir ? Un temps de pause à doser ? Et j'ai la preuve que ce pouvoir ne s'applique pas uniquement aux objets inanimés.

Je n'ai pas encore osé, malgré une curiosité irrésistible, le tester sur un être humain, mais quelque chose me dit qu'il n'y a pas de limites à ce que je peux faire à la matière.

Après m'avoir écouté en silence, le docteur Boulet me considère, perplexe. Il hoche sa tête burinée de vieux monsieur sage. Il réfléchit, après avoir discrètement verrouillé la porte de son cabinet.

— Je vous trouve la mine fatiguée, la peau terne, Jean. Vous mangez bien en ce moment ?
— Jamais aussi bien mangé, puisque tous les aliments que je consomme se reconstituent dès que je les termine. Il me suffit d'en toucher les restes et…

— Vous vous rendez compte que tout ceci n'est que le produit de votre imagination ?
— Le produit de mon imagination m'a fait prendre quatre kilos imaginaires, docteur Boulet ! Pesez-moi, vous verrez bien ce que dit la balance. Je ne sais pas si les kilos imaginaires s'y affichent, mais je peux vous dire qu'ils ont fait exploser les boutons de ma chemise !

Je lui montre la chemise distendue, le pantalon qui me scie l'estomac.

— C'est l'effet psychosomatique de votre pathologie… Jean, je crois que vous souffrez de solipsisme, du latin « sole », seul, et « ipse », soi-même. Pour vous, le monde extérieur n'est qu'une représentation et votre conscience propre est la seule réalité. Vous vous êtes donc créé ce monde imaginaire qui n'existe que lorsque vous le formulez, un monde dans lequel vous n'avez jamais existé et qui ne peut exister qu'à travers vous.
— J'ai fait repousser la patte du chat Robert…
— Êtes-vous sûr d'avoir un chat ? Dans ce monde-ci, je veux dire.
— Mon chat imaginaire a eu une indigestion imaginaire ce matin sur ma moquette. Je me serais bien passé de l'odeur… imaginaire, bien sûr.
— Écoutez-moi, Jean, essayez de comprendre : vous avez tellement besoin de croire que vous existez, qu'il vous a fallu créer ce monde, dans lequel des personnages qui vous semblent réels

vous font croire que vous l'êtes également… Vous êtes allé jusqu'à vous créer un pouvoir qui agit sur les éléments, qui les recrée ad infinitum ! Ha ha ! Jusqu'où sommes-nous capables d'aller pour nous assurer de notre propre immortalité ?

Je réfléchis un moment. Son explication est plausible, mais je pousse un peu plus loin :
— Si ce monde n'existe que lorsque je le crée, qui me dit que vous êtes réel, docteur Boulet, et que votre diagnostic est exact ?

Je l'ai mouché. Suivant sa propre théorie, comment espère-t-il me prouver qu'il est ce qu'il dit être, et non celui que j'ai imaginé ? Alors, pour lui prouver ma réalité à moi, je touche de mon index son visage ridé à lui. Je contemple, avec un mélange de crainte et de soulagement, les sillons de son visage qui se remplissent comme sous l'effet d'une poussée volcanique.

Merci, docteur Boulet ! Vous êtes devenu mon premier cobaye humain. Vous avez maintenant la peau rose et joufflue d'un nouveau-né.

Je m'aperçois à présent que j'arrive à contrôler le temps de pose et la pression que j'exerce, suivant les zones que je veux rajeunir. Le docteur Boulet n'a subi qu'une légère pression sur son visage, mais je n'ai pas touché le reste de son corps, qui demeure donc aussi vieux qu'avant ! C'est une bien étrange vision que ce sexagénaire bedonnant surmonté de sa tête juvénile. Il ne s'est rendu compte de rien, mais je vois que quelque chose l'intrigue : il me regarde avec attention, touche à son tour mon visage.

— Vous vous faites du mal, mon ami, vous n'aviez pas ça tout à l'heure.
— Ça ? Quoi, ça ?

Il me retourne face au miroir.

— Ça.

C'est vrai que j'ai l'air fatigué, un sillon que je ne connaissais pas s'est installé sur mon front. Des cernes noirs alourdissent mes yeux. Du repos, il me faut du repos.

Au docteur Boulet aussi, manifestement, car le voilà balbutiant, suant à grosses gouttes, les yeux exorbités devant l'image de lui-même qu'il vient de découvrir, en m'offrant la mienne.

Je le laisse, prostré devant le miroir. Il tripote de ses doigts fripés son visage qui ne l'est plus. Il murmure un mot, toujours le même :

— Comment ? Comment ? Comment ?

En sortant du cabinet, j'entends le cri de madame Puault, la secrétaire médicale, qui vient de découvrir le nouveau visage poupin de son employeur. Je pense que « ma » réalité l'a quelque peu surprise, elle aussi. Me voilà bien avancé ! Moi qui ai toujours cru en l'autorité médicale ! Quelle déception, je ne sais rien de plus.

Je rentre chez moi, déboussolé, inquiet. J'écoute machinalement mon répondeur, qui en dix ans ne m'a jamais laissé que des messages publicitaires. Je constate avec surprise que le cadran m'annonce cent dix messages.

— Biiip ! Monsieur Pratou, j'ai vu votre vidéo sur les réseaux et…
— Biiip ! Bonjour, monsieur Pratou, Élisabeth Rouchy, du Petit Stéphanois. J'aimerais beaucoup vous interviewer pour notre journal. Pouvez-vous me joindre au…
— Biiip ! Salut mec, c'est trop cool ta magie, je t'ai vu sur YouTube et, tu sais, ces cons, à ton boulot, ils voulaient pas me donner ton numéro alors je me suis fait passer pour ton petit frère et voilà… Tu voudrais pas réparer ma PlayStation ? J'ai pas de blé pour en racheter une autre et…
— Biiip ! Ici Johann le Magicien, spécialiste en grandes illusions, apparitions de panthères et évasions en tous genres. J'aime pas les tricheurs, mec, alors arrête de faire croire à tout le monde que tu fais des miracles parce que toi et moi on sait qu'il y a toujours un truc. Et puis, merci ! Grâce à toi j'ai perdu dix dates de tournée en août parce que, soi-disant, « la magie ça n'intéresse plus personne, nous ce qu'on veut c'est des

vrais miracles ! » J'te préviens, j'tai à l'œil, et j'ai des potes bien placés, alors fais gaffe !

— Biiip ! Bonjour, monsieur Pratou. Je vous appelle de la part de monsieur Blain, qui m'a gentiment communiqué votre numéro personnel. Je suis Cédric Canizzotto, manager et agent d'artistes. Voilà, je voulais vous proposer dix dates de tournée pour le mois d'août. Votre vidéo a tellement séduit les spectateurs que je me suis permis de vous préannoncer dans les médias. Bonne nouvelle, nous affichons déjà complet dans deux Zénith en seulement vingt-quatre heures ! Appelez-moi de toute urgence au 06.44.55.66.77 pour les détails et pour venir signer votre contrat. Euh… au fait, j'espère que vous n'êtes pas déjà représenté ? !

— Biiip ! Allô ? Jean ! C'est Johnny ! Mon pote, c'est ouf ! On est à un million de vues en même pas six heures ! Ah oui, pardon, j'avais oublié de te dire : j'ai filmé quand t'as réparé ma pépète et j'ai posté sur Facebook, YouTube, Instagram et Twitter ! Le film a beaucoup plu. Je crois que je vais changer de métier. J'ai toujours su que j'étais fait pour le cinéma, comme Johnny, tu vois. Allez, salut mon pote ! Rendez-vous à Cannes dans un an ! Ah ah !

J'écoute jusqu'au bout les cent dix messages, un sourire idiot aux lèvres. Autant d'hommes, de femmes, d'enfants même, d'inconnus, se sont procuré mon numéro, m'admirent, me demandent, me supplient d'agir, me révèlent leur flamme, me proposent des sommes pharaoniques pour agir sur leurs rides, sur leurs voitures, leur arbre favori, leurs jouets cassés…

Comment est-ce possible ? Comment, en un seul jour, ai-je pu me faire autant d'amis, moi qui en quarante ans n'en ai jamais eu qu'un ?

Je m'apprête à me lever pour me passer un peu d'eau froide sur le visage quand un dernier « biiip » résonne. Je m'arrête net, tétanisé…

— Allô ?... Euh… Jean ? C'est euh… C'est Josette… vous êtes là ? J'aimerais bien vous parler pour vous dire… euh… enfin pour vous expliquer pourquoi… enfin, appelez-moi au 06.98.45.73.09… Ou bien si vous voulez, on peut déjeuner ensemble demain… tous les deux… Allez… au revoir… À demain… euh… c'était Josette… du courrier… Biiip !

Josette ? Elle ? Sa voix ? Sa voix à elle sur ma machine à moi ! J'ai l'impression que mon corps s'est vidé de son sang en l'espace d'une seconde. Je ne peux pas… Comment voulez-vous que je… Je ne peux pas composer ce numéro… lui parler… Je suis sûr que mes mots se détricoteront dès qu'elle me répondra, qu'ils ne formeront plus qu'une suite de fils indémêlables, une bouillie de sons difformes… Une fois de plus, j'entendrai son rire en clochettes, ses humiliations verbales et son silence méprisant.

Je ne peux pas… Je ne peux pas prendre ce risque-là… Cette fois, j'en mourrai !

La voix du répondeur a émis ce chant de sirène, qui danse un tango entre mes deux oreilles. Chaque respiration, entrecoupée de ces « euh » hésitants, provoque en moi une charge érotique telle, que je me vois obligé de me soulager honteusement, sous les yeux de ma dernière Josette rupestre qui détourne poliment le regard de côté.

Je maudis le jour où j'ai inventé mon propre instrument de torture. Pourquoi cette personne me fait elle autant d'effet ? Elle est La femme, La fée de mes rêves… Pourtant personne ne m'a jamais raconté de contes de fées, personne n'a jamais évoqué la moindre femme idéale. Comment ai-je pu m'en inventer une ? Comment ai-je pu l'extraire des éthers, vivante, sonnante et trébuchante, moi qui n'ai jamais connu de femme, moi qui n'ai jamais posé ne serait-ce que le bout de mes lèvres sur l'une d'elles. Comment ai-je pu l'attendre, elle, sans même imaginer combien elle était prête à me faire du mal ?

J'oublie en une seconde l'humiliation qu'elle m'a fait subir, la déception, la douleur aussi. J'oublie que je suis un homme seul, destiné à être seul, depuis l'enfance, depuis toujours, et je compose les dix chiffres qui me relient à sa voix, fébrilement, rapidement, pour surtout ne pas m'arrêter en route.

Les trois tonalités avant qu'elle ne décroche sont trois stridentes tortures qui me vrillent la tête. Son « allô » traînant me paralyse un instant puis :
— Josette… C'est Jean…

Silence de l'autre côté. Visiblement, elle cherche à savoir de quel « Jean » il s'agit :
— Jean Pratou…
— Ah… dit-elle sans grand enthousiasme.
— Vous m'avez laissé un message…
— Ah… oui…

Quel monstre ! Quelle harpie ! Me laisser ainsi me débrouiller tout seul ! Pas le moindre mot d'encouragement, pas la moindre intonation bienveillante ! Tant pis ! J'y vais ! Je pense au chat Robert ! Je me lance :
— On déjeune ensemble demain ?
— Oui, mais pas à la cantine…

Voilà ! En une fraction de seconde, il va falloir que je me creuse l'esprit pour trouver l'Endroit avec un grand E, l'endroit sans fautes, avec les bonnes nappes, les bons couverts, les bons plats et les bons vins, l'endroit josettophile qui sera l'écrin du début de notre idylle. J'ai beau me creuser l'esprit, rien ne vient, rien ne vient, rien ne vient… Je sue à grosses gouttes, le téléphone fait de la buée sous ma joue et voilà que tout à coup, paf! elle me sauve la vie :
— Chez Jeannine, la table avec vue sur la rue, je prends ma pause à treize heures… ça vous va ?

Si ça me va ? Comment vous dire, Josette ?

Si j'étais acrobate, je ferais un triple saut périlleux arrière, si j'étais chanteur, je chanterais la Traviata, si j'étais peintre, je couvrirais les murs de la ville de votre visage, de votre « vous » josettien tout entier. Je ferais de vous la fresque des fresques ! Un chef-d'œuvre Michelangelo-Picasso-Modigliani-Da-Vinci-Van-Goghesque ! Mais je ne fais que susurrer un minuscule « ça me va » avant de raccrocher… Sans même vous avoir souhaité une belle nuit.

7. Midas

Dans un état de torpeur intense, je contemple le nouvel homme que je suis dans le miroir de mon armoire.

Tiens, il me semble que mes mains ont rallongé. Il me semble qu'elles prennent à elles seules toute la place de mon corps… comme si elles étaient l'organe décideur, comme si la pauvre enveloppe charnelle à laquelle elles se rattachent n'avait d'autre utilité que de les porter, afin qu'elles accomplissent leur rôle en ce bas monde. Alors je me dis qu'il faut que je reprenne le contrôle, que je trouve un moyen de les isoler, ces mains ingérables.

Je ne peux pas leur laisser la décision d'agir sur les éléments et les choses ! Il faut faire en sorte que ce choix ne leur appartienne plus, qu'il soit uniquement l'effet de mon bon vouloir à moi, le Nouveau Jean Pratou. Je me demande si les mains me laisseront faire…

C'est alors seulement que je me remémore la légende du roi Midas. Comment n'y avais-je pas pensé avant ?

Je cours chercher dans ma bibliothèque la collection de « Contes et légendes », lus et relus jusqu'à l'épuisement de leurs couvertures blanches et or. Ces illustrations qui me faisaient tellement rêver… Voyons… la voilà : la légende du roi Midas !

Je lis fiévreusement et les mots me reviennent, du tréfonds de l'enfance :
« Midas a la faculté de combler ses désirs d'accumulation de richesses en vue du Bonheur Parfait, mais sa capacité à transformer tout ce qu'il touche en or le coupe totalement de la vie normale, l'empêchant aussi bien de manger que de boire, le forçant même à transformer ses proches en statues d'or dès qu'il les touche. »

Dès qu'il les touche… Puni par sa propre cupidité, incapable de se protéger de son propre désir, cerné par l'or qui l'isole de ceux qu'il aime, de plus en plus seul, seul à en crever. Voilà un résumé qui résonne en moi comme une évidence. Serais-je le roi Midas du vingt et unième siècle ? Le Midas de l'éternel renouveau, du « toujours plus neuf », de la jeunesse éternelle, des nouveaux ors, des nouveaux Graals de notre époque…

L'ai-je désirée malgré moi, cette soif de reconnaissance ? L'ai-je désirée pour combler ma solitude, pour être enfin celui que l'on remarque, pour défier l'invisible ? Comment désirer ce qui ne peut que vous anéantir ? L'exemple est là, sous mes yeux, dans ce livre d'enfant, qui vient de retrouver, par mes soins, l'or intact de sa couverture.

La triste fin de Midas m'attend si je ne parviens pas à contrôler ce pouvoir… Ce pouvoir que je ne m'explique toujours pas… Il faut absolument que je trouve une parade, un remède, un mode d'emploi… Je cherche. Quel substantifique élément pourrait isoler mes mains du reste du monde ?

Je fais un rapide état des lieux des matières immédiatement disponibles dans mon appartement :
- Chambre à coucher : draps divers, vêtements et textiles, tableau en liège. Check !
- Salle de bains : gants Mappa, éponges, chiffons, papier toilette, serviettes. Check !
- Cuisine : torchons, cellophane, papier cuisson, papier aluminium. Check !

Méthodiquement, comme je sais si bien le faire, j'expérimente.

Sous l'œil intrigué du chat Robert, je prépare le terrain, en alignant les éléments que je souhaite rajeunir : le briquet de table ébréché de ma tante ; un fauteuil crapaud à trois pattes (Robert tient particulièrement à cet élément-là !) ; une lettre déchirée de ma mère, maintes fois pliée et repliée et inondée de mes larmes ; un reste de saucisson particulièrement goûteux… J'essaye tout mon stock de matières, les combinant parfois, les isolant, au gré. Ainsi, j'entoure mes mains de chiffons, de liège, de papier toilette, de cellophane… Rien n'y fait !

Au contact de mes mains enrubannées, le fauteuil crapaud s'est fait repousser une quatrième patte et rutile dans sa tapisserie toute neuve, au grand désarroi de Robert qui en préférait nettement l'aspect suranné, empreint de ses parfums de musc.

Je dîne du saucisson reconstitué et de la baguette redevenue fraîche, et inonde de nouveau de larmes la lettre de ma mère, dans laquelle je redécouvre l'encre violette des mots oubliés, les pleins et les déliés des promesses non tenues. Il doit bien y avoir un moyen de contrecarrer la magie !

Je poursuis mes essais, mais peu à peu, il ne me reste plus rien de vieux à rajeunir. À part moi…

Il est vrai que dans le miroir, j'ai eu la surprise de découvrir encore de nouvelles rides ! J'ai remarqué aussi un certain relâchement de mes traits. J'attribue, bien sûr, tout ça au manque de sommeil, à la fatigue intense et au mauvais éclairage, mais demain je déjeune avec Josette, ma Josette fraîche comme un gardon, ma Josette au visage lisse et rose sous le fond de teint bon marché qu'elle s'acharne à se tartiner sur la figure. Alors pourquoi pas ? Pourquoi ne pas mettre toutes les chances de mon côté ?

Sans trop y croire, et en espérant, sans me l'avouer, que cette matière-ci n'aura pas plus d'effet sur mon pouvoir que les autres, j'emballe le bout de mes doigts avec le dernier élément qu'il me reste : le papier aluminium de ma cuisine. Si ça isole le rôti de porc de la brûlure du four, ça pourrait bien isoler la matière du pouvoir de mes mains !

Je fais plusieurs tours, pour être sûr. Je prends mon visage à pleines mains, je compte quelques secondes. Ne connaissant pas les limites de cette magie, je n'ose imaginer le résultat… Jusqu'où ira le compte à rebours de mes cellules ?

Verrai-je de nouveau surgir mon ingrat visage d'adolescent ? Verrai-je pousser sur mes joues quelques traces d'acné ?

Les yeux mi-clos, tout tremblant d'anticipation, j'écarte doucement les mains de mon visage. Un, deux, trois, j'ouvre les yeux. Rien ! Rien ! Les mêmes rides, le même air fatigué et blême, le même relâchement cutané autour de la mâchoire !

Je hurlerais de bonheur si je n'étais pas si déçu de retrouver mes rides ! Ça marche ! L'aluminium isole ma « Midasserie » !

Je contemple mes mains métallisées, les lève bien haut, au-dessus de ma tête, en signe de victoire. Je suis l'homme aux mains d'argent ! Je suis plus fort que Midas ! Je suis Pratou le Conquérant ! J'ai pris le pas sur ma propre magie ! Que disait madame Chassin lorsqu'elle écrivait au tableau noir, nous révélant ses cuisses duveteuses ? « Une expérience ne peut être déclarée concluante que si elle est vérifiée plusieurs fois. » En hommage à madame Chassin et à ses cuisses, j'applique mes « mains d'argent » sur deux ou trois supports élimés… qui le restent ! Eurêka !

Je justifie ainsi ma théorie : l'aluminium fait barrage à mes pouvoirs ! J'ai donc l'avantage du choix ! Comme je suis soulagé ! Mais cette découverte n'explique pas pour autant la cause de mon nouveau don.

Épuisé par toutes ces expériences, je me couche après avoir démailloté mes mains de leur emballage. Elles s'étalent poliment sur le drap, les paumes posées de part et d'autre de mon corps, comme deux chiens de garde obéissants.

Pour la première fois de ma vie, je m'endors avec un but : toute ma nuit converge vers l'heure magique de treize heures et vers le lieu magique de « Chez Jeannine ».

Rien d'autre n'existe au monde, juste ce moment et ce lieu-là.

8. Midas Gray

Je me réveille une minute avant la sonnerie officielle du réveil. Je me livre aux rituels habituels de l'hygiène et de l'habillement. J'ai ravivé d'une pichenette une vieille chemise que j'aimais bien, qui a retrouvé sa couleur pervenche originale.

Je me suis brossé cinq fois les dents, vérifié au moins autant de fois que mon haleine était fraîche. Après m'être aussi rassuré sur la netteté de mon système pileux, je louche sur les quelques nouveaux sillons qui brodent ma bouche au point de croix. Alors me revient à l'esprit ma presque métamorphose de la veille. Si j'osais…

Voilà une parfaite occasion de vérifier sur moi l'effet que je fais aux autres et d'améliorer mon apparence pour plaire à ma bien-aimée. Juste un petit peu. Ça ne se verra presque pas. Je calculerai le temps de pose à quelques secondes.

De nouveau, je prends mon visage entre mes mains, cette fois sans leurs étuis d'aluminium. Un frisson puissant comme une claque me tord la figure. Mes babines font une danse improbable autour de ma bouche. J'ai du mal à décoller mes mains, toutes aimantées qu'elles sont sur ma peau. Lorsque je parviens enfin à les libérer de moi-même, je ne reconnais plus l'être qui me dévisage dans le miroir.

Ma peau est tendue à craquer. Un moi juvénile sourit à ma place, rose et parfaitement raffermi ! Que je suis beau ! Ai-je déjà été aussi beau ? J'ai passé toute ma jeunesse à me trouver laid, mais je n'étais pas si mal, après tout !

Il faut dire que je ne me suis jamais beaucoup regardé. Du coup, j'ai peur de voir apparaître, dans mon propre reflet, les traces de l'invisibilité qui me caractérise, ou plutôt qui me caractérisait, car depuis que je suis Midas, je suis devenu celui que l'on distingue. Mon autosatisfaction ne dure qu'une fraction de seconde. En effet, à peine ai-je admis la possibilité de ce joli reflet, qu'une nouvelle onde me parcourt, suivie de tressaillements incontrôlables qui malmènent mon corps.

Je souffre le martyre, me replie sur moi-même pour mettre fin à la douleur. Lorsque je relève la tête pour reprendre mon souffle, ce n'est plus du tout le même être jeune et tendre qui me rend mon regard. Ce Midas-là a repris le visage du Jean Pratou d'avant, mais agrémenté d'un petit réseau routier de ridules qui sillonnent son visage, mon visage…

Ma matinée se déroule dans un catalogue d'émotions contraires : trac, questionnements en tous genres, désir, refus, espoirs… J'ai tout le temps de m'interroger : Blain, dans un élan de générosité inédit, ne m'a donné que quelques factures à classer.

Sur le chemin de la machine à café, je ne croise que des regards bienveillants, oserais-je dire admiratifs ?

Je suis bouleversé par cette surabondance de nouveaux amis. Dans ce microcosme qu'est la petite compagnie de feu mon oncle, mes confrères offrent à mon regard tout un échantillonnage du genre humain. Je pourrais me contenter de les écouter, de voir défiler leur vie comme une vache aime à voir défiler les trains.

Mais mon esprit tordu est ainsi fait : il faut que je détaille, que je triture, que j'analyse. Je m'invente un nouveau jeu : je me mets au défi de trouver trois adjectifs qui définiraient chacun d'entre eux. Au fond, quand on y pense, trois adjectifs suffisent amplement pour décrire une personne. Au bout de quelques essais, cela devient plus fort que moi. Je ne peux plus m'empêcher d'« adjectiviser » mes collègues. Patricia des ressources humaines : replète, goulue et souriante. Joseph de l'export : cassant, prétentieux et noiraud. Rose, secrétaire de Blain : juteuse, provinciale et pathétique. Marie, stagiaire photocopieuse : soumise, atone et pneumatique. Josette… Josette ?

Un dictionnaire entier ne saurait la décrire. Elle seule est « inadjectivisable » !

Perdu, éperdu, dans l'anticipation du tête-à-tête josettien, mon imagination déborde, des colonies de mots inédits me montent à la tête : des hybrides inouïs qui viennent envahir mon cerveau… J'invente des expressions pour le seul plaisir de leur musique. Comme un aliéné, je me les susurre à voix basse, terrorisé à l'idée que quelqu'un soit le témoin de ma nouvelle lubie. Je n'y peux rien, c'est irrésistible :

Que fais-je devant la fenêtre à « frenéler comme un suaire » ?

Pourquoi ne puis-je « cavaurder comme un lupion » ?

– Que pensera-t-elle de mon « stripuleux visage » et de mon « allure crapaulogique » ?

L'amour fait ça aux gens : il aiguise leur crayon et fait jaillir leur sève.

La tête fourmillant d'idiomes improbables, j'observe l'aiguille paresseuse de ma pendule qui se refuse obstinément à franchir les minutes qui me séparent d'Elle. Comme un chat prêt à bondir, je guette le moment, les cinq minutes avant treize heures qui sonneront le tocsin de ma vie préjosettienne et me relieront à mon incertain avenir.

À douze heures cinquante-quatre, j'ai la désagréable surprise de voir apparaître Blain (coinceux, grassouillet et autoritaire) sur le seuil de mon cubicule. Il a un sourire lisse plaqué sur le visage. On dirait que son sourire est maintenu sur sa bouche par une feuille de film alimentaire étirable.

À six minutes de mon rendez-vous avec l'amour, que vient-il faire dans mon bureau avec ce sourire ? Pire, il s'assied sur un coin de ma table et me contemple sans rien dire d'un air entendu !

Je sue à grosses gouttes en observant l'aiguille de la pendule qui brusquement avance à toute vitesse, vite, beaucoup trop vite. Les pendules ont le chic de faire ça avec le temps.

— Je peux faire quelque chose pour vous, monsieur Blain ?

Il continue à me sourire de son sourire cellophane. Je me surprends à le détester.

Je le déteste plus que jamais à ce moment-là.

— J'ai bien enregistré vos factures, monsieur Blain, dis-je en tentant de le raccompagner à la porte.
Il résiste et me scrute de son air de veau mouillé. Et l'aiguille qui avance avec ses tics et ses tacs horripilants !
— J'ai beaucoup de sympathie pour vous, Pratou, si, si…
— Ah… dis-je, sans grande conviction.

Image mentale : je lui arrache son sourire en plastoque de la figure et le chasse à grands coups de pied dans le derrière en le faisant voltiger dans le couloir.

— Vous savez que je chasse le sanglier tous les week-ends au Crêt de la Perdrix ?

Image mentale : un porc chassant un autre porc.

— Que diriez-vous de venir chasser avec moi le week-end prochain ?

Treize heures et l'aiguille qui file son mauvais coton d'aiguille ! Je bredouille un « oui, merci, avec plaisir » pathétique.

Moi ? Chasser ? J'ai toujours haï ce sport ridicule, cette suprématie d'une espèce sur l'autre, ce jeu cruel de l'animal humain qui ne sert qu'à prolonger par un fusil la taille de son pénis. Je me demande si un sanglier, un renard ou un faisan se préoccupe de la taille de son pénis. Je me demande si je m'en suis déjà préoccupé. Un éclair de génie surgit dans un coin reculé de mon cerveau.

Je m'invente un besoin urgent d'aller photocopier un dossier imaginaire et pousse gentiment Blain vers le couloir. C'est qu'il prend son temps, le goret !

Il se retourne de nouveau sur le seuil, son sourire plein de dents, encore collé, là.

— J'ai toujours su que vous étiez quelqu'un d'exceptionnel.

Il accompagne ces mots d'un petit pas de danse ridicule et d'un geste de la main.

Treize heures sept ! Je me rue sur mon manteau et cours dans le couloir en l'enfilant. J'ai à peine le temps d'aplatir mon épi devant le miroir de l'ascenseur et de protéger mes mains de deux couches d'aluminium. J'enfouis le tout dans les vieux gants de cuir de mon oncle. En plein été, je vais passer pour un malade ou un tueur en série, mais au moins j'éviterai les questions. Treize heures douze ! Je suis en retard, moi qui ne l'ai jamais été ! Je cours, je vole, je suis déjà à l'esplanade. Mon Graal est à portée de main !

Là, devant moi, faisant barrage à l'aide de leurs caméras et de leurs micros, quatre journalistes m'acculent jusqu'au trottoir.

Je suis tellement surpris que j'en tombe à la renverse, les quatre fers en l'air au milieu de la place. Je lève la tête sur les caméras pointées en arc de cercle sur ma piteuse expression, comme autant de fusils de chasse devant le gibier d'un Blain vengeur. Je n'entends même pas leurs questions qui fusent, leurs aboiements de meute. J'essaye de me relever, mais il n'y a aucune issue.

— Quel est votre truc, Jean ?

Je ne les connais pas et ils m'appellent par mon prénom ?

— T'es quoi, mec ? Un genre de gourou ?

Ils me tutoient ?

— 40 millions de vues sur YouTube, ça te fait quoi ?
— Tu peux nous faire un petit miracle en live pour le journal télévisé ?

L'un d'eux balance sa petite caméra par terre, l'écrase sous ses pieds, filmé par une caméra cousine. L'œil rouge de la machine clignote faiblement et se ferme à jamais dans un dernier râle mécanique. Ces gens sont fous, mais j'obéis, bon garçon, espérant mettre ainsi fin à leur harcèlement. Je quitte mon gant fourré à l'aluminium, et pose la main nue sur la caméra, jusqu'à ce que son œil rosisse timidement et que son cœur mécanique batte de nouveau.

Aussitôt, quatre micros me mangent la figure et l'un des journalistes – hâbleur, soigné et arrogant – se met à commenter mes prouesses :
— Et voilà, mesdames et messieurs, vous venez d'assister en direct à l'extraordinaire ! Depuis deux jours, ce « monsieur Tout-le-Monde » pratique des miracles et ressuscite les objets cassés.

Un autre homme – sportif, grognon et enrhumé – surgit du macadam et renchérit :
— Je vous assure qu'il n'y a aucun truc. J'ai pu vérifier moi-même l'authenticité de ce

phénomène. Ce fonctionnaire, ce « Midas » des temps modernes possède un pouvoir surnaturel. Tout ce qu'il touche de vieux se transforme en neuf ! En moins de deux jours, il a déjà…

Je n'entends plus le reste. Je suis resté figé sur le mot « Midas ». Ce journaliste a fait le même constat que moi. Je dois avouer que cela me fait plaisir. J'ai presque envie de me rebaptiser. Midas, ça sonne vraiment mieux que Jean Pratou. Midas, c'est noble et conquérant, Pratou insignifiant et invisible. Je ne suis plus Pratou puisque j'existe enfin pour le monde. Je clame haut et fort le droit de ma renaissance, le droit de cette nouvelle noblesse !

Comme un automate, je poursuis ma route, les sangsues à têtes de caméras aux trousses. Non ! Pas par là ! Ils ont tant fait que j'ai dévié de ma route, ils m'éloignent de mon destin, ils me poussent dans le sens opposé.

Je ne réponds plus à leurs questions, je leur marmonne seulement que je vais louper le rendez-vous de ma vie, le rendez-vous avec ma vie. J'essaye de leur faire comprendre l'importance capitale de ma présence chez Jeannine, à la table qui donne sur la rue, à treize heures, mais ces vampires de l'info assoiffés de sang médiatique me poursuivent le long du boulevard, aspirent de mon esprit la moindre révélation, me retardent sans aucun scrupule.

Je ne sais même plus qui d'eux ou de moi est le pourchasseur ou le pourchassé. Je sais juste qu'il est treize heures cinquante, que « chez Jeannine » les nappes à carreaux rouges et blancs sont couvertes de miettes et que la table avec vue sur la rue est désespérément vide. Pour la première fois de ma vie, je me mets en colère. Une colère incontrôlable. Une colère aux couleurs de quarante années de répression emmagasinée. Je pousse un rugissement de bête enragée qui fait reculer d'un mètre la meute journalistique. Je suis Tarzan dans la jungle, Hulk aux mains d'argent, le monstre du Loch Ness, Midas incontrôlable. Je mesure quatre mètres trente et plus rien ne me fait peur.

Médusés par ce changement de comportement, « Hâbleur, soigné et arrogant » ainsi que ses copains « Sportif, grognon et enrhumé » et « Rougeaud, furtif et chaloupé » restent un instant cloués sur place, puis se dispersent, satisfaits de leur butin, me laissant seul et prostré sur le macadam.

Le chaos a fait place au silence. Assis sur le bord du trottoir, je respire de nouveau. Dans le caniveau, l'un des « vampires » a abandonné dans sa fuite la caméra que j'avais fait renaître. Elle me clignote de son œil rouge un message subliminal : « Prends-moi ! Je t'appartiens ! »

Alors, je m'en saisis et filme le chemin qui me ramène au bureau. À travers ce prisme, j'ai l'impression désagréable que tout fluctue autour de moi, comme si les atomes dérangés s'assemblaient et se désassemblaient, continuellement. Ce que j'observe n'est jamais tout à fait pareil. Le monde se tord sous mes yeux comme à travers une buée gluante qui en trouble les formes. Serait-ce un effet d'accumulation de ce que j'ai « réparé » ou un truc de la caméra ?

Je rentre au bureau la queue entre les jambes, déçu de mon rendez-vous raté, de ce pétard mouillé, qui a annihilé les merveilleux fantasmes que j'avais élaborés.

Toute la journée, jusqu'à la fermeture, j'essaye de retrouver Josette pour lui expliquer. J'ai peur qu'elle ne me pardonne jamais ce lapin involontaire, mais Josette se cache, Josette me fuit.

Je la vois s'engouffrer dans les toilettes des dames avec Patricia – replète, goulue et souriante – et Rose – juteuse, provinciale et pathétique. Je colle mon oreille contre la porte, horrifié par les bribes de « véhémences » qui s'en échappent.

— Poireauter toute seule comme une conne cinquante minutes…
— Comme s'il pouvait se le permettre…
— Ce con de Pratou, ce pou, ce troll, ce minus !

Je danse devant la porte la danse de l'embarras, terrifié à l'idée qu'elle sorte, terrifié à l'idée qu'elle ne sorte pas. Comment faire pour lui présenter mes excuses les plus plates ? Comment faire pour obtenir un autre rendez-vous ?

J'entends ses comparses qui réitèrent leur indignation devant ma lâche revanche. Elles sont toutes persuadées que j'ai voulu me venger du comportement précédent de leur copine.

— C'est pas parce qu'il est partout à la télé qu'il peut se comporter comme ça !
— Il a pris la grosse tête, ce salaud !

La grosse tête ? Moi ? Partout à la télé ? Je ne comprends rien à leur discours.

La queue de nouveau entre les jambes, je regagne mon bureau, évitant de justesse Gardon qui est subitement devenu mon meilleur ami et me tape violemment sur l'épaule à chaque fois que je le rencontre. J'allume mon ordinateur et tape Jean Pratou… Rien… Je tape Midas…

Aussitôt, je constate avec stupéfaction mon visage décliné sur la plupart des sites. Mon visage tordu de haine devant les journalistes apeurés. Il y a du moi partout ! Ce moi, des centaines de fois partagé, « liké », parodié. Ce moi virtuel, qui répare la caméra, échappe comme un dératé à la folle poursuite de la meute, ce moi au visage hagard qui marmonne comme un dément. Partout on parle de ce Midas improbable qui

menace l'ordre du monde. Les commentaires vont bon train sur Facebook, Tweeter et Instagram :
— Polo 345 : C'est un fake ! Un type installé par le gouvernement pour détourner l'attention des vrais problèmes politiques.
— Jovial 007 : Encore une théorie du complot ! T'en as pas marre, Polo 345 ?
— Polo 345 : C'est ça ! Continuez à vous cacher sous votre aile en gobant tout ce qu'on vous dit ! Pendant que vous dormez bien au chaud en rêvant à votre super-héros inventé par le pouvoir, les migrants dorment dans la boue en rêvant à un bout de pain !

14 900 pouces en l'air approuvent cette théorie !

Donc, d'après tous ces braves gens, je n'existe pas ? Serais-je vraiment un « inventé » politique ? Je me touche pour vérifier. Non, je suis bien là. Bien là et tout habillé de neuf, car en me touchant, j'ai rénové une nouvelle fois ma garde-robe, déjà rénovée de ce matin. Sur Tweeter, des femmes se pâment pour moi et me trouvent beau !

#midasepousemoifaisdemoiunenouvellefemme#

On me demande en ami, en amant, en mariage. Des philosophes m'analysent, des scientifiques me dissèquent. J'ai plus de vues que Michael Jackson. Cent neuf millions de pouces en l'air ! On me lance des défis et des offres d'emploi ! J'ai des millions d'amis !

Visiblement, la magie ne surprend plus personne aujourd'hui. De tous les articles présents sur la toile, je n'en vois pas un qui se questionne sur la provenance de mon « don », le pourquoi de ce pouvoir. Comme si le paria que je suis, le monstre, pouvait appartenir à l'hérésie collective qu'est devenu ce monde. Je ne suis après tout qu'une attraction de plus dans le grand show médiatique qui allie le pire au meilleur, entremêlé de chatons et de pornographes. Je suis l'inclassable item, tissé et retissé sur cette toile et destiné à disparaître aussi rapidement que je suis apparu.

Seulement, moi, ex-Jean Pratou, nouveau Midas, je ne peux plus disparaître ! Car j'ai compris que ma nouvelle visibilité m'est devenue aussi vitale que le boire et le manger. Ma nouvelle visibilité me garantit, pour l'instant, l'intérêt de mes frères humains… et l'intérêt de Josette. Il faut donc que je fasse tout mon possible pour l'entretenir et même l'augmenter !

Sur mon bureau, la caméra me fait face, l'œil entrouvert, en attente. Je la place à l'angle adéquat, la mets en marche. Je pose mes mains nues sur mon visage, ressens de nouveau la crispation de mes chairs, observe mon visage subitement enfantin qui sourit sur l'écran, pour aussitôt se recrisper en une grimace atroce.

À peine me suis-je rajeuni que mes chairs se fripent et ondulent deux fois plus qu'avant.

Le constat est là, filmé, tangible, irréfutable : j'ai gagné deux ans et en ai repris quatre en l'espace de deux secondes. La magie a un prix, et il semblerait qu'il soit proportionnellement plus lourd à payer que les avantages qu'elle consent à vous accorder. Quand je fais du neuf avec du vieux, je fais du vieux avec mon neuf. Rien n'est gratuit en ce bas monde, et surtout pas l'inexplicable…

Troublé par le beaucoup moins jeune homme qui me dévisage à présent sur l'écran, je revois en boucle mes différentes interventions : les fleurs, le chat Robert, l'ordinateur de Gardon, les objets des fonctionnaires, la peau du docteur Boulet, la caméra du journaliste… Tout ce que j'ai touché depuis ces quelques jours, m'a volé un petit peu plus d'élasticité, un petit peu plus de jeunesse, un petit peu plus de vie.

Tel le Dorian Gray d'Oscar Wilde, j'ai voulu jouer avec mon image et, à présent, c'est mon image qui se joue de moi. J'ai tué Jean Pratou pour faire naître Midas Gray. Le constat me plonge dans un état vertigineux : si nous allons tous vers notre mort, il semblerait que mon rendez-vous avec elle se soit considérablement rapproché !

Bien sûr, pour le moment mon changement est presque imperceptible. Mais je le sais, je le sens, quelque chose en moi, des atomes qui se disloquent, des connexions en déséquilibre, quelque chose a vieilli. Il va falloir choisir.

Un petit coup frappé à la porte me distrait un instant de ma réflexion. C'est Sehtou. Humble et contrit, il n'ose avancer dans la pièce. Il n'a jamais dépassé le seuil de mon bureau. Comme si ce misérable petit bout de mètres carrés était un no man's land infranchissable. C'est moi qui allais à sa rencontre, dès que sonnait l'heure du courrier.

Je lui fais signe d'entrer, le fais asseoir, lui sers un thé. Il m'en reproche le manque de lait. Contrairement à ses concitoyens de l'Empire britannique, Sehtou verse toujours son thé noir dans la tasse, et, seulement après, y rajoute le lait. Il aime voir se former le nuage qui peu à peu prend possession de l'encre. Il aime sa douceur, la colonisation lente du lacté sur l'amertume.

Je le vois hésiter un instant devant sa tasse, puis déverser rapidement le breuvage dans sa gorge, comme pour se donner du courage.

Il sort ensuite de sa poche un petit paquet emmailloté et le dépose sur mon bureau.

Je le questionne du regard et il me fait un de ses sourires édentés irrésistibles. Je procède à l'ouverture du paquet, déroulant ce qui devait être autrefois un carré de soie. J'y découvre un rouge-gorge en piteux état.

Une patte repliée sur son ventre, la plume défraîchie et le souffle court, l'oiseau agonise.

Sehtou me regarde avec toute l'intensité de ses yeux huileux. Il n'est qu'espoir.

J'essaye de lui expliquer que je ne peux rien contre la mort, mais il avance sa main aux longs doigts maigres vers la mienne. Il s'agrippe à mon poignet, forçant ma main à se tendre vers le tout petit corps. Il me dit solennellement :
— Jean Pratou, je t'ai reconnu. Tu es maître du Jugaad…
— Le Jugaad ?
— C'est un mot de chez moi, un mot hindi, qui signifie l'action de réparer les choses, même si ça paraît très, très, très difficile. Le Jugaad, c'est la solution qui dépasse la règle, c'est pour les personnes qui créent de nouvelles choses à partir de rien. Le Jugaad, c'est faire ce qui doit être fait, sans penser au possible ou à l'impossible. Jean Pratou, tu es Jugaad. Le miracle accompagne tes pas. Tu es Jugaad.

Il existe donc un terme pour définir ma « maladie » ? Cela voudrait dire que je ne suis pas le seul ? Que quelque part dans le monde, un autre Midas Gray, un Jugaad, se questionne ?

Soutenu par son regard intense, j'avance la main vers l'oiseau, qui agonise sur une des factures de Blain. Il est déjà à moitié sec, rétréci et prostré entre TVA et numéro d'IRSEC. Je concentre tout mon pouvoir dans ce doigt qui se tend vers la petite gorge rouge et haletante. Au départ, rien ne se passe. Le doute ferait-il barrage à l'influx ? L'énergie habituelle semble être stoppée par une force incompréhensible, comme si la mort voulait faire un bras de fer avec moi.

Puis, petit à petit, les yeux mi-clos de l'oiseau palpitent et s'ouvrent. La chaleur habituelle se dégage de mes mains, comme un flot libéré de ses digues.

J'ai gagné contre la mort !

Même si l'oiseau n'était pas encore totalement sous son emprise, je ne suis pas peu fier d'avoir vaincu une telle adversaire. Le piaf se remet sur ses pattes. Il sautille, danse même une parade nuptiale.

Sehtou rit à gorge déployée, toutes gencives roses dehors. Il applaudit en chantonnant « Jugaad, Jugaad, Jugaad », et l'oiseau bat des ailes et s'élance, faisant un tour d'honneur dans la pièce.

Sehtou se précipite vers la fenêtre qu'il ouvre en grand. Le rouge-gorge s'envole pour aller se poser sur l'arbre le plus proche… après avoir lâché une crotte verte sur la mention « Total dû » de la facture de Blain.

Je reste un long moment après le départ de Sehtou, comme ça, accoudé à la fenêtre, à surveiller les évolutions de l'oiseau. Malgré l'heure tardive, le soleil de la Saint-Jean éclaire encore les vitres du bureau, de ce beau reflet orangé et claquant, caractéristique du jour le plus long de l'année.

Je guette les sorties des derniers employés. Je sais qu'ils vont aller traîner en terrasse ou profiter du barbecue de leurs voisins. Je ne fais pas partie de cette fête-là.

Tout à coup, la voilà, celle qui me traite de pou et de con, celle à qui, malgré tout, je donnerais ma vie. Elle rajuste sa sandale, appuyée à l'arbre, ce même arbre qui quelques heures auparavant voyait le retour de l'oiseau prodigue. Sa jambe, légèrement relevée contre l'écorce, fait apparaître des secrets cachés sous sa jupe, la peau hâlée d'une cuisse, un flash de dentelle blanche.

Ces révélations inconscientes m'émeuvent au plus haut point. Un instant, elle lève la tête dans ma direction. Je n'ai pas le temps de me rabattre. Alors je lui offre, à la place, un petit geste maladroit de la main. Elle me fusille du regard, mais elle ne part pas.

Je prends donc son attitude pour une invitation. Je lui crie par la fenêtre de m'attendre, attrape ma serviette au vol et dévale les escaliers quatre à quatre jusqu'au parvis.

Elle m'a attendu. Elle boude, certes, le corps en biais, détournée de moi, mais elle m'a attendu.

Je me dirige brinquebalant vers elle. Il me semble que ma jambe droite fait tout ce qu'elle peut pour entraver la gauche.

Un silence pesant se construit entre nous, un mur de briques incassables.

— Pardon, mille fois pardon, Josette. J'ai été retenu, malgré moi, d'abord Blain, puis les journalistes…
— C'est vrai que Monsieur est une vedette !
— Je n'y suis pour rien, Josette, ils me sont tombés dessus. Ils m'ont poursuivi jusqu'au restaurant. J'ai eu beau leur dire que j'avais rendez-vous avec vous, ils le voulaient absolument, leur petit miracle. Je suis désolé, vraiment. Ma seule envie était d'être auprès de vous, à la table avec vue sur la rue… sans les miettes.

Elle se retourne vers moi, l'air embarrassé.

— J'ai mangé un croque-monsieur…

Je ne sais plus quoi dire. Elle me regarde avec ses yeux de Josette et de nouvelles briques incassables s'élèvent entre nous.

Je prends sur moi.

— Voulez-vous que je vous raccompagne chez vous ? Un bout de chemin ?

Elle hésite un instant.

— J'couche jamais le premier soir.

Je rougis, baisse les yeux, mort de honte. Elle a vu mon désir, je n'ai pas su lui cacher. Si j'étais seul, je me frapperais ! Je suis incapable d'émettre le moindre son. Alors, elle fait une chose incroyable, inespérée : elle s'avance vers moi, se hausse sur la pointe des pieds et me plante un baiser sur la joue.

Je n'ai aucun souvenir de mon retour au bercail. Je sais seulement que mes pieds ne touchent plus terre, que je navigue à vingt centimètres au-dessus du sol comme un aéroglisseur, à côté d'elle, mon paquebot. Je sais seulement qu'elle a une odeur de cerise amère et que la brise d'été repousse continuellement ses cheveux fins vers mon épaule. Je sais seulement que son pas m'évoque une gavotte, que la peau que je perçois sous sa chemisette nouée ruisselle d'un nectar inconnu qui ne peut pas être de la sueur.

Dans la splendeur des dernières heures de ce jour, nous accueillons la nuit la plus courte de l'année et nous nous quittons au seuil de sa porte. Je n'ai pas effleuré sa main, nous ne nous sommes pas dit un mot, mais j'ai entendu tout son vocabulaire. J'erre dans la ville qui a vu naître cette nuit, cette première nuit aux côtés de Josette.

Je croise dans ma rue le vieux clochard qui dort, recroquevillé autour de son chien tout neuf. Au passage, je frôle son corps d'une caresse qui le rénove de la tête aux pieds. Il risque d'avoir une surprise demain matin en contemplant, dans la vitrine du boulanger, son visage tout lisse sous la barbe et son costume toujours aussi dépareillé, mais neuf.

Je contourne habilement la loge de Mireille, que j'entends ronfler bruyamment à travers la porte aux rideaux de dentelle.

L'angelot de l'escalier neuf me nargue de sa rutilance.

Je m'écroule sur mon lit, sans même me déshabiller, ivre de bonheur, ivre de fatigue.

Robert râle un peu devant le placard à croquettes, mais une force incontrôlable me retient à ce lit et je m'endors en une seconde, anesthésié d'amour.

9. Homme public

Au petit matin, je me lève le cœur léger, administre une double ration de croquettes au chat Robert, tout en m'excusant platement de ma négligence de la veille. Je suis dérangé dans mes ablutions par un coup de sonnette. À cette heure ?

J'ouvre et me retrouve face à Sancho Panza et Don Quichotte. Non, je n'ai pas fait de saut quantique imaginaire au pays de Cervantès. Sancho Panza et Don Quichotte sont bien là, en chair et en os. C'est ainsi que j'ai baptisé Monsieur le Maire et son adjoint. Ils portent tous deux le sourire que l'on voit partout placardé dans la ville depuis une semaine. Les élections municipales sont proches.

J'essuie rapidement le reste de mousse à raser qui efface la moitié de mon visage et invite les notables à s'asseoir dans deux fauteuils flambant neufs, rénovés la veille par mes doigts magiques.

— Je suis très étonné… et honoré de vous recevoir chez moi… De tels dignitaires, assis dans mes fauteuils crapaud…

À ma grande honte, je n'ai jamais voté de ma vie. Je n'ai jamais vu la queue d'un isoloir. Peut-être par manque de conviction sur le bien-fondé des promesses de mes frères humains, peut-être par timidité, peut-être par paresse. Je sens que ces deux-là, sous leurs sourires figés, veulent me demander quelque chose.

Après un temps de silence embarrassant autant que réglementaire, l'adjoint Quichotte regarde le maire Panza. Ce dernier l'encourage d'un signe de la tête.

— Monsieur Pratou, je sais que notre démarche peut vous paraître surprenante, mais si nous sommes venus aujourd'hui, c'est pour nous faire notre propre idée de ce Stéphanois dont tout le monde parle depuis quelques jours. Vous êtes en quelque sorte devenu notre « Trésor provincial ».
— Le terme de Trésor me semble un peu exagéré, monsieur Quich… Euh, Monsieur l'Adjoint.
— Tut tut ! Pas de modestie. Vous avez de l'or dans les mains… De l'or qui pourrait changer les paramètres de nos sociétés locales et pourquoi pas internationales… Vous n'êtes pas sans savoir que nos municipales approchent ?
— Ah ? Oui, oui…

Sancho, incapable de supporter qu'un autre que lui prenne la parole plus de cinq minutes, pousse d'un geste sec Quichotte et se place devant moi – imposant, suant et ventru.

— J'aimerais offrir à mes électeurs un cadeau dont ils se souviendront longtemps… Nous avons réfléchi et sommes tous tombés d'accord. Ce cadeau, monsieur Pratou, c'est vous !

Interloqué, je bafouille.

— Moi, Monsieur le Maire ?
— Oui, vous ! Vous êtes le cadeau universel ! Les maisons de nos concitoyens regorgent d'objets cassés. À tout moment, nos machines s'arrêtent, nos tuyaux fuient, nos poignées de porte se déboîtent, nos parquets grincent, nos tiroirs ne ferment qu'à moitié.

Sancho avance sa grosse tête plus près de mon visage.

Je me surprends à me perdre dans les pores dilatés de ses narines.

Un chuchotement à l'ail mal digéré me sort de cette transe.

— Avez-vous déjà songé au porte-à-porte ?
— Non… Jamais… je travaille depuis vingt ans chez Gounaud SARL, produits céréaliers. Je suis comptable.

Le maire s'est décalé de quelques pas. J'ai les yeux rivés sur son gros ventre tendu, tout prêt à passer au-dessus de sa ceinture. Il y a quelque chose de fascinant dans ce ventre nourri aux bons produits de notre chère ville. On dirait qu'un animal tapi y habite. Ce ventre ondule de temps à autre, formant des sacs et des ressacs. Je m'attends presque à voir l'animal qui y réside s'en échapper.

Sancho pose un bras flasque sur mon épaule.

De nouveau, je suis contraint de subir les relents de son déjeuner lorsqu'il penche ses bajoues vers mon oreille pour me chuchoter :
— Vous voulez le bien de notre communauté, n'est-ce pas ?

Comment vous dire, Monsieur le Maire ? J'ai toujours été un chic type et voulu le bien de l'espèce humaine, mais récemment, je me pose des questions de plus en plus misanthropes.

— Oui, bien sûr ! dis-je en parlant un peu faux.

J'essaye de m'écarter de son étreinte, mais il a une force de titan et m'écrase contre son gros ventre habité.

— La campagne électorale commence officiellement dans deux jours. Nos concitoyens seront appelés à voter au premier tour dans moins d'un mois. Voilà ce que nous avons envisagé : nous allons mettre à votre disposition une voiture avec chauffeur.

Quichotte renchérit :
— Nous voudrions que quartier par quartier, rue par rue, appartement par appartement, vous vous présentiez chez les électeurs, et que vous rénoviez leurs électroménagers, leurs meubles… leurs belles-mères, s'il le faut.

Je les regarde d'un air hagard. La bouche d'égout puante de Sancho est à deux centimètres de mon nez, je vais tourner de l'œil.

— Un militant vous accompagnera et se chargera de convaincre gentiment les personnes que vous aurez aidées, gratuitement bien évidemment, je ne voudrais pas que l'on nous accuse de corruption… Vous tiendrez, bien sûr, les même discours que notre militant. Les gens adorent les gourous ! Combien de temps vous faut-il pour « raccommoder » les choses ?

Je ne me suis pas posé la question. Lorsque je touche les choses, je touche aussi le temps. Le temps devient élastique. Comment l'évaluer ?

— Dix secondes ? Vingt secondes ? À raison de cinq objets par foyer, un total d'environ deux minutes, sans compter les transports…

Il a sorti sa calculette :
— Soit trente foyers par heure, huit heures par jour, pendant un mois : sept mille deux cents foyers, et si l'on compte une moyenne de deux électeurs par foyer, quatorze mille quatre cents électeurs potentiels !

Ses yeux luisent, injectés de sang. Il est au bord de l'orgasme électoral. Le maire sortant ne veut pas l'être. Il se plaît tout à fait dans son poste de maire non éjectable !

— Mais… Et mon emploi chez Gounaud SARL ? Je ne peux pas les lâcher comme ça… après vingt-quatre ans !

— Je vous offre le double de ce que vous gagnez chez Gounaud SARL. Quant à votre employeur, ne vous inquiétez pas, je m'en charge.

Et il rajoute en prenant un air contrit et angélique :
— Un tel don se doit d'être utilisé pour une bonne raison. Et quelle meilleure raison que d'offrir à mes braves Stéphanois la protection d'un homme tel que moi, un homme dévoué à la cause publique !

Je lui dis que je ne peux pas lui donner une réponse immédiate, mais que je vais y réfléchir sérieusement, à sa cause publique… Il a l'air déçu. Son enthousiasme débordant lui a coûté quelques gouttes de sueur qu'il essuie de son mouchoir en secouant la tête.

Il fait signe à l'adjoint Quichotte d'en rajouter une couche :
— Cher Jean, ou dois-je vous appeler Midas ? Je ne saurais vous dire combien votre participation est importante. Votre rôle est capital pour assurer la pérennité de cette belle entreprise humaine que nous menons depuis cinq ans. Je suis sûr que nous avons tous quelque chose à y gagner… Monsieur le Maire sait se montrer très reconnaissant…

« Je n'en doute pas », dis-je en les raccompagnant à la porte. Je ne doute pas non plus que mes ennuis ne font que commencer, que la nouvelle notoriété que m'a causée ce don providentiel risque fort de m'attirer plus de désagréments que d'avantages.

Juste avant que la porte ne se referme sur sa bonhomie cossue, Sancho Panza se retourne et fait pendouiller un objet qu'il tient entre ses gros doigts. C'est une Rolex, aux aiguilles figées sur le sept heures moins le quart madame placard. Il me regarde de ses petits yeux suppliants :
— Si vous pouviez faire quelque chose pour Elle… Je l'aime tellement…

Je suis surpris par le sentiment d'exaltation que me donne ce petit pouvoir que j'ai sur lui. Bon prince, je tends un doigt clément vers la montre et lui redonne son tic-tac. Sancho, les yeux mouillés devant son « bébé » ressuscité, me chuchote sa reconnaissance éternelle et se retire après de nombreux mercis. Je me demande s'il sait que je n'accéderai jamais à ses autres demandes… Combien je me fiche des géants qu'il aspire encore à éliminer ? Mais pour l'instant, toutes mes pensées sont tournées vers la joie de revoir Josette.

En arrivant au bureau, je frétille d'impatience. Comme un adolescent de douze ans, je souris béatement au premier venu. Je cours embrasser

Sehtou au premier étage, lui raconte mes exploits de la veille. Il a, un instant, l'air soucieux, puis me tapote sur l'épaule en me félicitant. J'ai l'impression qu'il n'est pas fou de Josette et cela me chagrine.

À peine remonté à mon étage, sur le seuil de mon cubicule, mon cœur fait de nouveau des bonds de cabri : là, posée en évidence sur ma table, une enveloppe violette à fleurs jaunes embaume du parfum bon marché de Josette (il faudra que je lui en offre un autre). Je l'ouvre délicatement de peur qu'un cœur s'en échappe. Un mot de deux lignes griffonnées à l'encre violette : « Rendez-vous à 11 h dans la réserve à matériel… Venez seul… Signé J. »

Deux croix timides apposées sous son J. me permettent d'espérer autant de baisers… Quel chef-d'œuvre ! Je vais encadrer ce message, le mettre au Panthéon de tous mes futurs objets josettiens. Il sera le premier fleuron de ce musée imaginaire que je viens de créer pour elle, en cette minute même.

Voyons, il est dix heures trente. J'ai une demi-heure pour concocter les choses extrêmement drôles et intéressantes que je vais lui raconter dans le placard à matériel.

Je me demande ce qu'elle a à me dire. Oserais-je dire… à me faire ?

Cette seule pensée me provoque une érection tonitruante ! C'est évidemment le moment que choisit Berbard pour venir me raconter ses peines et tribulations du jour.

J'ai à peine le temps de m'asseoir et de couvrir ma turgescence d'un formulaire B2768 de la caisse de retraite.

Apparemment, Berbard s'est découvert une âme de mentor et est persuadé qu'il a été mis sur cette terre pour me montrer la voie et me faire entrer dans le Dharma. Il voit en mon don un signe, une justification a contrario de notre impermanence, qui pourrait à elle seule révolutionner tout ce qu'on lui a appris jusque-là. Il me fait presque croire à ma propre Sainteté, persuadé que ma grande humilité antérieure m'a fait trouver la voie de la sagesse tel un Siddhartha du vingt et unième siècle. Bref, selon lui, ô paradoxe, j'ai été récompensé de mon manque d'ego par ce talent unique et créateur d'ego… Je peine à concevoir ce qu'il veut justifier. Je me demande s'il a bien assimilé ses leçons et s'il n'a pas puisé ses théories dans un recueil de « Bouddhisme pour les nuls » ! Je le remercie vivement du temps qu'il m'a consacré. Car ce qu'il a fait naître en moi est plus qu'une question. Moi qui n'ai jamais voulu croire, je me demande si justement là n'est pas la raison de ma nouvelle existence. Ce pouvoir reçu de nulle part pourrait-il être un envoi du ciel, un petit test de mon éventuelle foi ?

Oui, mais foi en quoi ? En qui ?

Je me dis qu'il va falloir explorer tout ça. Qui sait si les principales religions créées par l'homme sauraient répondre à ma question ?

À onze heures moins dix précises, je prétexte une brusque envie d'uriner pour congédier Berbard. J'essaye alors d'atteindre, le plus discrètement possible, la réserve à matériel. Moi qui souffrais de discrétion extrême et d'invisibilité, au moment même où je les recherche, je ne parviens pas à passer inaperçu ! On m'invite à dîner, à goûter, on veut me présenter sa femme, ses enfants, la famille entière !

J'ai toutes les peines du monde à disparaître dans ce bienheureux placard. Ouf ! Ça y est, j'y suis. Je me retourne. Elle est là, faiblement éclairée par une ampoule qui gigote et qui donne à son visage un aspect irréel et féerique. Je suis tétanisé par sa beauté insolente, les courbes qu'elle révèle dans un chemisier trop ajusté, l'accent qu'elle a mis sur sa bouche en la soulignant de rouge.

Elle glousse légèrement en guise de préliminaires. Je glousse en retour, mais mal, d'un rire éraillé qui se coince dans ma gorge.

Elle me tend la main et m'entraîne au pays des cartouches d'encre. Elle se serre contre moi, je suis au nirvana. Et au moment où timidement j'approche ma bouche de la sienne, elle brandit un rayon de lampe torche sur son visage.

— Tu vois, là ? Au niveau de ma bouche, au coin des yeux ?
— Euh… oui, Josette, vous avez de très beaux yeux d'une couleur improbable, vert-de-gris, bordés d'or rose peut-être…
— Non, là.

Et elle pointe de nouveau le faisceau lumineux sur sa bouche, sur le coin de sa paupière.

— Tu peux arranger ça ?
— Ça ?
— Oui, les petites rides, là.

Elle m'a fait entrer dans ce réduit obscur pour que je lui prodigue des soins de magie esthétique ?! Devant mon silence hébété, elle pince sa bouche en une petite moue enfantine.

— Allez, s'il te plaît, ça me ferait tellement plaisir… Tu veux me faire plaisir, non ?

Comment lui refuser, alors ? Comment lui refuser quoi que ce soit ? Elle a pris mon cœur dans sa main et l'a serré pour en extraire la moindre goutte d'émotion. Alors je lui dis oui. Je caresse son adorable visage du bout de mes doigts, effleurant un dixième de seconde ces mini ridules qui la fâchent. Dans l'obscurité, je remarque les minuscules filaments d'électricité qui s'échappent de mes doigts comme des lucioles affolées. Elle tressaille.

— C'est rigolo! Ça picote! C'est pas désagréable…

Elle se rue sur son miroir de poche pour constater les effets de ma mini cure.

— Ouah! Génial! On dirait que je reviens de vacances! Motus et bouche cousue, hein?

Elle s'éclipse sans même un baiser, me laissant légèrement vieilli, seul et frustré, dans la pénombre de l'ampoule qui a cessé de gigoter.

Il n'est pas bon d'idéaliser une femme qui exclut toutes les autres, mais là est mon triste constat: ce sera Josette ou rien!

J'essaye de sortir discrètement du placard, mais bien sûr, le bureau qui devrait être désert à cette heure est devenu aussi fréquenté que la Grand-Place un jour de marché. Je sens tous les visages braqués sur moi. Carola – livide, atone et parfumée –, du service marketing, vient de me faire un clin d'œil! Mais c'est qu'elle me suit maintenant! Je n'ose regarder derrière mon épaule, mais je la sens, là, tout près, je flaire son parfum qui rôde, ses tentacules de pieuvre séductrice qui se meuvent dans mon sillon.

Il me semble que le couloir grandit au fur et à mesure que j'avance.

Encore cette foutue élasticité du temps et des choses ! Ce n'est plus un couloir, mais une autoroute ! Et cette autoroute est peuplée de pieuvres qui me toisent, qui me sourient, qui me frôlent.

Je marque une pause, en faisant semblant de consulter ma montre. J'attends que Carola me dépasse, mais voilà qu'elle tente d'attraper ma main au passage. Je l'esquive habilement en enfilant mes gants fourrés à l'aluminium, on ne sait jamais, un miracle est si vite arrivé, et mon capital vie m'est subitement devenu précieux...

Le bruit aurait-il déjà couru ? Malgré sa promesse, Josette n'a sans doute pas pu s'empêcher de faire marcher sa langue. Toute la gent féminine du bureau sait déjà, à dix minutes à peine de notre rendez-vous secret, que je viens de la « refaire » !

Josette se pavane, juchée sur le bureau de Rose, les jambes ballantes et la mine réjouie. Elle cherche la lumière, se mire de nouveau dans son miroir de poche. Elle est encore plus belle que dans mon récent souvenir. Elle fait des mines, me faisant signe d'approcher. Sa jambe hâlée n'arrête pas de se balancer d'avant en arrière, révélant toujours un peu plus l'accès à sa culotte. Elle le sait, elle me provoque.

Mon regard est figé sur cette cuisse qui se révèle, le rythme régulier de cette jambe qui m'invite jusqu'à son antre. Des gouttes de sueur ruissellent de tous mes pores. S'il existait un « bandomètre », le curseur serait déjà dans le rouge ! Je suis à deux pas d'elle, sa cuisse baladeuse s'offre un peu plus à mes baisers. Juste au moment où je frôle l'évanouissement, elle saute du bureau avec un petit « et hop ! » coquin, pour atterrir « par inadvertance » dans mes bras. Elle est si proche de mon visage, qu'elle louche un peu. Ce strabisme me la rend encore plus touchante.

Je fonds. Je me désaltère de ses lèvres comme un oasien égaré se désaltère du dernier point d'eau avant la dune. Ses dunes, que j'aimerais tant saisir à pleines mains.

Elle est surprise au début, puis sa tension se relâche, ses lèvres se font douces et mordantes à la fois.

Les décors du bureau, les employés et fonctionnaires se sont envolés d'un seul coup, comme si un régisseur démiurge avait soulevé jusqu'aux cintres le décor de l'acte trois d'une pièce improbable, avec tous ses protagonistes. Nous restons seuls au monde dans un no man's land fait de senteurs et de lumières.

Je pourrais mourir, là, tout de suite, dans ses bras, mélanger mon dernier souffle à ses lèvres.

Ivre d'un bonheur inégalable, que je m'efforce de faire durer, mais dont je sais avec regret qu'il vient d'atteindre son paroxysme, je la soulève dans mes bras et la porte comme un trophée poids plume, jusqu'à la sortie de l'immeuble, jusque dans ma rue, jusque dans l'escalier aux angelots, jusque dans ma chambre, jusque dans mon lit. Je rattrape en une nuit quarante ans de pucelage.

Josette est adroite. Elle connaît les clés de ces choses-là. Elle est l'experte du soupir, du toucher, de l'étreinte. Merveilleusement acrobatique, elle me livre les secrets de l'extase. Les yeux rivés sur ceux de sa sœur rupestre, Josette, d'abord surprise, puis flattée de se voir exposée jusque sur mon plafond, la met au défi de me donner autant de plaisir qu'elle m'en donne.

Je la rassure, honteux tout de même de la préférer à sa jumelle immobile, qui partage depuis si longtemps ma solitude. Transi de plaisir, je me laisse malgré tout envahir d'une crainte : le pouvoir de mes mains aura-t-il un nouvel effet sur son corps ?

Je n'ai jamais touché deux fois de suite la même personne… Que se passerait-il si le processus avait un pouvoir cumulatif ? Pourrais-je la rajeunir jusqu'à plus soif ? Jusqu'à ce qu'elle devienne une enfant ? Un nourrisson même ? La seule pensée me terrifie, alors je fais en sorte de ne pas la caresser de mes mains nues. J'utilise toutes les autres parties de mon corps, mais pas mes mains. Et quand elle se moque de mon apparence de ver ganté d'argent, je m'arrange pour la satisfaire autrement, lui fermant la bouche de la mienne.

La contrainte me donne du génie ! Je passe pour un amant inventif auprès de ma femme idéale. Elle me dit que jamais aucun homme ne lui a donné autant de plaisir. Et je la crois.

Le petit jour la laisse toute froissée et endormie dans mes draps. Je m'éclipse en prenant soin de ne pas la réveiller, après avoir respiré avec délice le parfum de son « dormi ».

Le chat Robert me regarde d'un œil critique. Que vient faire cette intruse dans « son » lit ? Il hésite un instant et vient précautionneusement prendre ma place et se lover sur mon oreiller. Il tend une patte nerveuse et se met à jouer avec les cheveux de la belle endormie. Elle se retourne en râlant. Robert, grand prince, abandonne le jeu. Il se blottit un peu plus loin entre deux plis de couette, ferme un œil, un seul, on ne sait jamais…

Midi ? Il est midi ? Nous n'avons pas vu passer l'aube. J'en suis presque fier ! Je m'habille à la hâte, encore tout crépitant des sensations nouvelles de ce corps dépucelé.

Malgré l'heure tardive, je vais faire une surprise à ma princesse et aller lui chercher des croissants.

Je lui préparerai un bon petit déjeuner et le lui servirai au lit comme dans les comédies romantiques américaines. Elle aimera ça, Josette. Elle se dira : « Ce Midas-là sait s'occuper d'une femme. » J'ajouterai une rose sur le plateau, ils font toujours ça dans les comédies romantiques, un vase bête avec une seule rose rouge dedans. Il doit bien y avoir des vases spécialement conçus pour ça, des vases de petit déjeuner pour Josettes !

Je ris bêtement de mes propres niaiseries, referme délicatement la porte derrière moi sans la claquer, et me retrouve nez à nez avec Mireille, la concierge, qui me tend de loin, en tremblant de peur, le courrier et le journal du jour. Je lui fais un large sourire. Elle me lance le courrier à la figure et dévale les escaliers en courant, au risque de se faire une entorse.

J'entends le « vlan » de la porte qu'elle ferme derrière elle et le « clic-clac » de la serrure.

Mireille s'est barricadée dans son bunker, sa « Kommandantur » aux rideaux de dentelle. Elle m'épie, l'œil en coin, alors que je sors, magistral et victorieux, de l'immeuble. Ma porte cochère est devenue un arc de triomphe et je glisse sur les trottoirs, la tête haute comme un empereur romain.

Je passe par les chemins de traverse, je prends un raccourci qui me mènera directement à la meilleure boulangerie du quartier. Rien n'est trop bon pour ma Josette !

Je marche à grands pas dans la pluie d'été qui vient de me surprendre. Je me réfugie un instant sous un auvent. La gouttière ruisselle au-dessus de ma tête et se déverse goutte à goutte dans un vieux seau en zinc.

Un peu plus loin, la pluie subite vient d'éteindre un barbecue et l'odeur délicieuse de la graisse de viande mêlée au feu de bois se répand. L'association de ces deux impressions, le « plink plink » de l'eau sur le zinc et le fumet délicieux qui se mêle à l'odeur de la pluie, me cueillent sur place. Brusquement, surgit à mon esprit l'image de ma mère, le vif souvenir d'un des rares épisodes heureux de mon enfance... Je revois avec une précision exacerbée les couleurs, les odeurs et les objets de ce moment-là, figés dans le temps...

L'été de mes dix ans, le dernier passé avec ma mère, la bergerie isolée dans la Drôme, les champs de lavande, les chemins bordés de coquelicots...

Ce jour de pluie avec Maman, installés tous les deux devant le feu, l'odeur du gras resté sur la grille, de la branche de chêne qui se consume... Ma tête posée sur ses genoux qui fleurent bon la crème solaire à la bergamote... Le « plic ploc » de la pluie dans le vieux bénitier... Et Maman qui fabrique de ses mains agiles d'innombrables petites danseuses aux tutus rouges, ouvrant les corolles des bourgeons de coquelicots.

Ce souvenir disparaît avec le premier rayon de soleil. La pluie s'est tue et je suis là, comme un con, la tête dans les mains et les joues ruisselantes de larmes.

Depuis que Maman m'a laissé comme un paquet sale sur le perron de mon oncle, je n'ai plus jamais eu de nouvelles d'elle. De temps en temps, à Noël, on me tendait une carte envoyée quinze jours trop tôt ou trop tard, jamais à temps. Je me demande ce que Maman fait, où Maman habite, ce que Maman pense de l'abandon. Je me dis que Maman serait peut-être heureuse de connaître le tout nouveau bonheur qui m'étreint, de savoir que Jean Pratou est devenu Midas Gray, avec une Josette à lui tout seul. Je me dis aussi qu'elle aimerait l'être exceptionnel que je suis devenu, que je répondrais peut-être enfin à ses attentes. Il est temps, vingt-cinq ans après, que ma renaissance trouve une mère, que je me fasse une rééducation.

Rien de ce qui m'arrive ne peut s'expliquer de manière rationnelle. Et si Maman connaissait les réponses ? Celles qui tiennent justement de l'irrationnel, celles qu'une mère transmet en douceur et en silence. Toutes ces questions intimes et inexplorées ! Tant de non-dits, d'oublis et de mystères… Et notamment sur mon géniteur… Et si mon don était héréditaire ? J'ai vu Maman mille fois effleurer de ses mains ses bibelots antiques. Ils le sont toujours restés… Alors, ce don, mon don, ne peut venir que de lui, que du fantôme qui hante mon imaginaire depuis tout ce temps.

Je n'ai plus pensé à mes géniteurs depuis vingt-cinq ans, préférant occulter les causes de ma souffrance, mais je sais, à ce moment précis, quelle sera ma nouvelle quête.

Tout empreint d'une nouvelle ferveur, je parcours les quelques mètres qui me relient à la boulangerie et fais une entrée triomphale à « La brioche enchantée », poussant les deux battants de la porte tel un cow-boy entrant dans un saloon. Aussitôt, les vitres rayées, rendues presque opaques par le temps, retrouvent leur transparence polie. La boulangère me sourit, heureuse de la subite clarté qui vient d'éclairer son visage. Elle me fait un petit clin d'œil à la fois complice et inquiet. Elle sait.

Les nouvelles vont vite dans ma rue, et je soupçonne Mireille d'y être pour quelque chose. Elle a dû évoquer le suppôt de Satan qui vit dans son immeuble devant tous les commerçants du quartier !

Je paye ses croissants à la boulangère, avec deux sous neufs et brillants, et m'enfuis avant qu'elle n'ait eu le temps de m'adresser la parole.

Je cours, je vole jusqu'à Josette, prenant soin de ne pas écraser les croissants odorants, afin qu'elle les trouve intacts sur l'assiette du service préféré de ma tante : le Limoges parsemé de petites roses d'or.

Je souris en pensant que, si sa faim est grande, je pourrai reconstituer à loisir les deux bouts de son croissant, à peine croqués.

Lorsque je fais irruption dans ma chambre, le lit est vide, défait. Seule la trace de son corps froisse encore les draps. Quatre traces de pieds mouillés issus de la salle de bains, sèchent déjà sur mon parquet, seule preuve de sa fantasmatique présence.

10. Rançons de la gloire

L'âme remplie de doutes, confronté à mille sentiments contradictoires, je marche lentement sur la route qui me conduit au bureau. Cette route que je parcours en pilotage automatique depuis tant d'années me semble, aujourd'hui encore, une terre inconnue. Cette fois-ci, ce n'est plus à travers l'écran d'une caméra que j'en observe chaque craquellement, chaque dénivellement de trottoir, chaque ruissellement de caniveau. Mes yeux se sont faits les témoins d'un Nouveau Monde, irrémédiablement changé par ma seule présence.

Je ne reconnais plus la familiarité des choses, comme si l'on avait saturé dans l'écran de ma mémoire les couleurs, les matières et les éléments.

Perdu dans ce no man's land qui ne m'appartient plus, je ne remarque pas tout de suite une Jaguar noire aux vitres teintées, qui roule au pas derrière moi. C'est une Jaguar qui date, un animal long, rond et suave qui me suit sans bruit et peu à peu me dépasse.

Un sentiment de gêne m'envahit, la sensation que ce « prédateur » est là pour moi, qu'il me renifle comme une proie avant d'attaquer.

Peu avant l'entrée de Gounaud SARL, je vois la voiture disparaître dans un tournant.

Je monte quatre à quatre les escaliers qui mènent à mon étage. Une file ininterrompue de femmes attend devant mon cubicule. Cela jacasse, cela papote, cela piaffe d'impatience. Juchée sur mon bureau, un crayon entre les lèvres, Josette est aux commandes. Elle tient à la main un carnet et fait l'appel :
— Patricia ? Numéro 12.
— Suzanne ? Le 13.
— Rose ? Le 14…

Elle s'interrompt en me voyant.

— Tiens ! V'là le docteur Midas !

Elle saute de mon bureau et m'entraîne un peu à l'écart :
— Ça t'ennuie pas mon chou, hein ? Elle n'ont pas arrêté de me harceler ! Alors je me suis dit qu'il fallait être généreuse et en faire profiter les copines…

Elle me fait ses yeux de chatte, me ronronne à la figure :
— Tu veux bien, dis ? Même si elles sont nombreuses, t'en auras pas pour longtemps, et Blain est en rendez-vous toute la journée…

Elle ne sait pas, elle, que chacune de mes « prestations » m'ôte un peu plus de vie… Mais comment pourrais-je lui refuser cet élan de générosité qui me la rend encore plus aimable ? Certes, le quota m'effraie. Jamais vu autant de femmes rassemblées en un si petit espace ! Une, deux, trois, j'en compte déjà dix rien que dans mon bureau ! Et il y en a autant dans le couloir ! Vingt « opérations ». Combien de jours, combien de mois, d'années en plus pour elles ? En moins pour moi…

Je m'installe à mon bureau, sérieux comme un homme de science. Même ma voix a changé. Je prends le ton docte et grave du médecin, devant les yeux reconnaissants et admiratifs de mes patientes. Je l'avoue, ce petit pouvoir que j'exerce sur elles me provoque une certaine excitation. Il y en a de tous âges, de toutes formes. Il y en a même de très jeunes, des sans rides, qui insistent pour paraître encore plus jeunes que jeunes.

Je suis un peu gêné quand même, car il y en a qui veulent que je les touche dans des endroits intouchables, bien que pendants, car Josette leur a dit que Midas sait tout faire : il remonte les fesses en gouttes d'huile, soulève les seins en gants de toilette, repulpe, polit, raffermit, efface et dynamise d'un seul effleurement. Elles rentrent fripées et ressortent lisses !

Les exclamations fusent, les « c'est incroyable ! », les « vous m'avez sauvé la vie ! » On me demande la durée de l'effet. Comment voulez-vous que je réponde ?

— J'ai un dîner samedi, ça tiendra jusque-là ?

— C'est mieux qu'une ampoule coup d'éclat!
— Ça marche aussi sur la cellulite?
— Touchez-moi deux fois, que je sois deux fois plus jeune!

Elles sont tellement obnubilées par leur apparence, qu'elles ne remarquent même pas la mienne: ma mine de Midas Gray qui vieillit à chaque intervention.

À peine transformées, elles courent aux toilettes vérifier le résultat dans le miroir, cueillies, dans le couloir des « non opérées », par des glapissements admiratifs et des regards envieux.

Josette, elle, tient son registre sans broncher. Assise dans un coin du bureau, elle raye les noms de ses copines au fur et à mesure qu'elles passent entre mes mains, ces mains qui à force d'attouchements continus, sont devenues gonflées, géantes et brûlantes.

Au bout de la quinzième patiente, je demande une pause, afin d'aller rincer mes « instruments de travail » à l'eau froide.

Lorsque je reviens des toilettes, je trouve la porte de mon bureau fermée. Cinq femmes trépignent dans le couloir et poussent des soupirs de soulagement en me voyant arriver. J'entends ma Josette derrière la porte qui s'adresse à ses compagnes:
— La jeunesse, ça n'a pas de prix!

Je fais beaucoup de bruit derrière la porte afin qu'elle sache que je suis revenu. Comme personne ne se soucie de ma présence, j'entre discrètement. Les deux dernières opérées sont aux anges : une peau de poupée rose à l'élasticité parfaite a remplacé leurs rides du lion.

Elles sont en pleine transaction et discutent du prix. Josette range furtivement les billets dans son sac. Je fais mine de n'avoir rien vu. Josette rougit !

Dieu qu'elle est belle avec ses petites pommettes toutes rouges de voleuse. Elle se hâte de congédier ses collègues, qui rejoignent leurs copines dans le couloir en gloussant et en se tripotant le visage.

Devant le succès manifeste de mes « opérations », d'autres femmes ont à présent rejoint leurs collègues. Elles se bousculent de plus belle. Il y a émeute et crêpage de chignon devant ma porte. Elles veulent toutes cet accès à la jeunesse qui leur permettra de tenir devant les outrages du temps, un peu plus loin, un peu plus fort…

Épuisé au bout de la vingt-cinquième, je range mes mains dans leurs étuis d'argent et je me couche par terre, sur la moquette frisée. Je fais un geste pour caresser la jambe de Josette, mais elle l'éloigne, hors de portée de mes mains gantées, avec un petit soupir agacé. Il faut dire que Josette est très occupée à compter. Les mains cachées sous le bureau, elle fait défiler les billets.

Elle ne sait pas que je la vois dans le reflet de l'armoire vitrée. Elle ne sait pas que je sais. Elle ne sait pas que je lui pardonne cette petite cupidité dérisoire. Elle ne sait pas que je viens de prendre cinq ans en une heure.

Je me relève avec peine une fois son petit manège opéré. Je vois dans ses yeux un étonnement mêlé de dégoût parce qu'elle constate le dégât qu'elle vient d'opérer sur ma peau, en monnayant la fraîcheur de celle de ses copines. Elle hésite un instant puis :

— Tu devrais aller te reposer, mon chéri, tu as vraiment une sale gueule ! Ce soir, pas de crac-crac, dodo !

Si je n'étais pas si fatigué, j'applaudirais. Vous dire que je suis dupe de sa sollicitude serait mentir. Mais, malgré tous ses travers, ses turpitudes, ses mesquineries et ses mensonges, je l'aime d'un amour inconditionnel, indéchiffrable et indélébile. C'est comme ça, que voulez-vous, je l'aime depuis si longtemps, de manière picturale, fantasmatique et à présent concrète… Elle m'est aussi nécessaire que le sang qui coule dans mes veines. Un poison doux qui me fait vivre, tout Midas mithridatisé que je suis de l'influence venimeuse de la méchanceté.

Après un petit baiser sec de côté pour ne pas me dévoiler sa grimace, elle se sauve, repue de sa soif d'argent, le sac plein de billets gagnés à la sueur de mes mains. Je sais qu'un jour elle m'aimera. Je ferai tout pour ça. Je l'aurai à l'usure. Elle verra en moi sa rédemption. En attendant, je l'aimerai pour deux.

J'attends avec impatience la fin de cette journée, interrompue par différents appels, d'offres d'interviews, de rendez-vous. Un chercheur du CNRS veut m'observer dans un contexte clinique, un laboratoire esthétique veut me proposer un deal pour exploiter mon image sur ses crèmes de beauté, une chaîne de télévision nationale me propose de participer à un talk-show enregistré jeudi prochain, à Paris. Sans trop savoir pourquoi, j'accepte le talk-show. Malgré ma grande timidité, il me semble que parler de tout ça rendra la chose plus concrète, moins sujette aux élucubrations que j'ai pu lire, depuis une semaine, sur les réseaux. Et aussi, et surtout, voilà le prétexte rêvé pour aller rejoindre ma mère à Paris et lui poser quelques questions.

La production s'occupe de tout, je serai traité avec les égards normalement réservés à une star du rock. La pauvre assistante m'a même demandé si j'avais des exigences alimentaires et si je voulais qu'on retapisse ma chambre d'hôtel dans mes couleurs préférées ! De quoi épater ma Josette, à qui je viens de proposer un long week-end parisien, et qui ne s'est pas fait prier. Elle m'a bien fait comprendre que ce voyage nécessiterait des tenues qu'elle n'a pas et qu'il serait bon d'aller

« faire quelques emplettes ensemble, mon chéri ». Nous irons mercredi soir choisir tout ça au centre commercial de Saint-Étienne. J'entends déjà ses petits glapissements de plaisir devant telle robe, telle paire de sandales. Ses soupirs et ses onomatopées sont devenus mes mélodies préférées. Je mets en marche ma mémoire auditive pour les faire réapparaître au gré, car le manque d'elle, ne serait-ce que cinq minutes, m'est devenu insupportable.

En rentrant chez moi, je fais un petit saut chez Bricophage pour acheter de quoi perfectionner mes gants d'aluminium. Il est temps que j'apprenne à gérer mes pouvoirs de manière plus scientifique. Je ne veux pas être l'innocente victime de mes propres mains !

Après quelques dessins et quelques études sur les matières, je crois que j'arriverai à concocter un gant léger et efficace, qui ne soit pas trop visible.

Je rentre chez moi, les bras chargés de matières hétéroclites. Robert, qui m'attendait derrière la porte, me saute dessus et me laboure la jambe de ses griffes, sans doute en représailles, pour avoir permis à une autre que lui de partager mon lit. Ce lit est son lit, avec notre odeur à nous dessus, et l'idée de mêler un parfait féminin au nôtre lui paraît parfaitement inacceptable, qu'on se le dise ! J'essaye de le calmer en lui donnant l'un de ces petits biscuits fourrés qu'il aime tant, et aussitôt il me pardonne, en formant une série de « huit » soyeux entre mes jambes.

Toute la nuit, je travaille à parfaire mon invention. Les cheveux hérissés, les cernes aux yeux, j'ai l'allure des savants fous des magazines de mon enfance. Je m'attends presque à voir apparaître un super-héros maléfique qui viendrait me défier dans mon antre. J'obtiens, au petit matin, un prototype ergonomique, élégant et discret, et parfaitement efficace. Je dois dire que je ne suis pas peu fier ! Même si cet objet est un objet destiné à être unique, qu'il ne servira qu'indirectement au reste de l'humanité, sa perfection en fait l'égal d'un chef-d'œuvre. Ce gant est mon chef-d'œuvre !

Je m'endors quelques heures dans les draps que je n'ai pas changés, enlaçant l'oreiller de Josette et me délectant de l'odeur rémanente de son parfum. Je rêve de l'étrange Jaguar noire qui me suivait ce matin. Je rêve que des hommes vêtus de blanc m'invitent à y entrer et que je suis aspiré à l'intérieur, relié par des câbles inextricables, qui me donnent l'allure d'un Pinocchio géant. Je ressens une impression de vitesse et d'apesanteur alors que la Jaguar file sur une route criblée de boules de lumière multicolores. J'assiste, émerveillé, à un improbable feu d'artifice terrestre. Un feu d'artifice à l'envers qui commencerait dans le ciel et se déploierait sur terre. Je me réveille, en sueur, avec une sensation d'étouffement. Robert s'est couché sur mon cou, les pattes étendues de part et d'autre de mon visage, comme s'il voulait m'étrangler dans mon sommeil. Je me redresse. Il miaule de désagrément. Oui, Robert, je t'ai dérangé et m'en excuse. Mais j'étais en train de mourir étouffé, et ça, je ne peux absolument pas me le permettre.

J'ai maintenant autre chose à caresser que tes poils durs, ou moi-même. J'existe pour d'autres yeux que les nôtres. Il faut donc que je vive au-delà de cette nuit qui n'en finit plus de me hanter de ses couleurs.

Impossible de me rendormir. Je passe donc le reste de ma nuit à faire des recherches sur Maman. Je retrouve sur YouTube son dernier concert, un désespérant concert d'adieu au monde lyrique, car Maman a, à présent, soixante-deux ans… et sa voix, autrefois cristalline, ne laisse plus passer la lumière… Ses contre-ut ne contrent plus, il y a longtemps que ses vibratos ne font plus vibrer personne… Mon enquête de détective privé amateur est vite couronnée de succès. Au petit matin, après une fin de nuit passée en compagnie de la voix enregistrée de Maman, la tête pleine de lieds et de cantates, de Mimis, de Toscas et d'Aïdas, je trouve enfin l'adresse de son manager.

J'attends l'heure de l'ouverture du bureau avec l'impatience d'un gamin qui trépigne devant ses cadeaux de Noël. À neuf heures trente, je n'y tiens plus et compose le numéro. Une voix désagréable me répond après cinq sonneries. Je me fais passer pour un journaliste désireux de faire une rétrospective de la carrière de la diva, mais il y a quelques mois que la poule aux œufs d'or a pondu sa dernière couvée, et que son manager ne s'occupe plus de ce nid autrefois si fructueux. J'insiste : peut-il au moins me donner les coordonnées de cette grande dame qui mérite bien les derniers hommages de la presse ?

Comme il la dénigre, sa Diva Chérie d'autrefois ! Il me dit que Maman n'est plus bonne à rien, qu'elle passe des heures oisives à se regarder dépérir, stupéfaite de ne plus être adulée, chérie, applaudie. Elle tourne en rond dans son appartement du sixième arrondissement, contemplant inlassablement ses affiches jaunies et les maquettes poussiéreuses de ses premiers spectacles. Et moi, tout heureux, de l'autre côté du téléphone, je souris.

Maman est mûre pour retrouver son fils abandonné. De quoi redonner un peu de sens à cette vie où la musique s'est tue et où le silence colonise ses oreilles.

Après de nombreuses minutes pendant lesquelles j'écoute les lamentations du Judas de ma mère, je le laisse proférer ses critiques du monde superficiel qui l'entoure, mais dans lequel il se vautre néanmoins, je lui promets des espaces de promotion pour ses nouveaux artistes, et négocie ainsi, de guerre lasse, le numéro de téléphone tant convoité. Voilà, je le tiens dans mes doigts, ce petit bout de papier fripé, le sésame qui me permettra de renouer avec mon passé.

Le mercredi matin, j'appelle Blain d'une voix enrouée trop exagérée pour être crédible (je suis indubitablement un très mauvais acteur), prétextant une mauvaise grippe.

— Décidément ! Josette m'a appelé il y a cinq minutes… et elle est grippée elle aussi, 39,5, presque aphone ! C'est curieux, trouvez pas ? Dites-moi, Pratou, vous fricotez pas avec le personnel tout de même ? Parce que si vous êtes à l'origine d'une épidémie, je vous préviens, je vous compte tous leurs jours d'absence et je les retire de votre fiche de paie !

Je raccroche vite sur une quinte de toux qui ridiculiserait une tribu de « Dames au camélia ». Après tout, je ne lui dois rien : en vingt ans de bons et loyaux services, je n'ai pris qu'un seul jour de congé maladie, le lendemain de ma première et dernière cuite. Un soir de solitude trop seule, une vieille bouteille de whisky de mon oncle abandonnée dans le cabinet à liqueurs, la chute suicidaire dans l'oubli parfumé au malt, qui me valut une journée entière de vertiges et l'impression que le ciel allait me tomber sur la tête. En ce jour glorieux, je suis frais comme un gardon.

Je me prépare à aller rejoindre mon amoureuse et m'étonne encore du mensonge qu'elle m'a fait commettre. Je mens très mal, ce n'est pas quelque chose que je sais faire. Je rougis, je transpire, j'inonde de détails improbables mes contre-vérités, je me coupe, me recoupe au rasoir du crédible et finis au bout de cinq minutes par avouer tout mon contraire sans même qu'on me l'ait demandé ! Mais aujourd'hui, j'ai promis à ma douce de lui consacrer cette journée afin qu'elle puisse préparer notre petite escapade amoureuse en toute sérénité. Que Blain me croie ou non m'est parfaitement indifférent !

En chemin, je croise un monsieur élégant qui promène son chien. Il fait des grands signes. Je regarde derrière moi. Oui, c'est bien à moi qu'il adresse ses gestes.

— Hep ! Vous ! Arrêtez-vous !

Je m'arrête. Il court vers moi, suivi par son chien qui se redresse sur ses pattes pour manifester sa joie et me fait tomber à la renverse, me trempant de ses baisers baveux. L'homme me sourit, une lueur dans les yeux. Il murmure :
— Merci !

Je suis un peu étonné. Puis, petit à petit, je le reconnais. C'est le clochard au chien, celui que j'ai effleuré il y a quelques jours. Maître et chien ne sont plus les mêmes. Le maître dépourvu de sa barbe, le chien dépourvu de sa gale, tous deux marchent avec assurance dans les rues de cette ville qui, il y a à peine une semaine, les conspuait. Ils marchent, dans de beaux costumes neufs de poil ou de tweed, récupérés sociaux, citoyens à nouveau exemplaires. L'homme me dit que grâce à la métamorphose que j'ai opérée, il va peut-être trouver du boulot et peut-être même un appartement, que je suis son bienfaiteur, que son chien ne pue plus et qu'il m'est éternellement redevable.

Le bonheur m'a donné un rôle à jouer ici-bas et je sais qu'il m'appartient de m'en montrer digne, bien que le sacrifice de ma jeunesse commence à peser sur mes articulations. Si l'érosion de mon corps est proportionnelle au bonheur que je donne, combien de bonheur me reste-t-il encore à donner ? Je n'ai pas encore résolu cette équation, je ne connais pas les données du théorème…

Paré de mes gants d'aluminium, je ne risque rien, alors je caresse le chien, serre la main du maître et poursuis mon chemin, gratifié.

Josette m'attend, toute pimpante, à la cafétéria du centre commercial. Elle a mis ses peintures de guerre et sa mini-jupe de combat et s'apprête à conquérir l'espace femme du temple du consumérisme. Elle m'entraîne de boutique en boutique, tâtant ci, essayant ça, louchant sur tout, bavant sur rien, car Josette veut du neuf, du « jamais vu ! », du « vu à la télévision ! », du « in », du « cool », du

« made in Taiwan », « made in Hong Kong », du « made in Hell » !

Métamorphosée par la soif d'acheter, les yeux brillants et exorbités, elle est « prête à tout » pour son « prêt à porter ». Toute manipulée par l'innovation permanente d'une industrie avide de ses pauvres centimes, Josette a constamment l'impression d'être en retard sur le monde. Elle a à peine acheté l'objet numéro six que l'objet sept est conçu et que la publicité lui fait croire que le huit lui sera bientôt absolument nécessaire. On l'a tellement collée à ses besoins immédiats, que la vitesse lui fait faire du surplace. Proie idéale des marchands de l'attachement, Josette est plus attachée aux objets qu'au vrai objet de ses désirs. J'ai beau lui dire qu'elle est cette innocente victime du toujours plus neuf, qu'elle est sous influence, et que son addiction risque de la perdre, elle me toise de ses deux billes noires furibondes en me traitant de radin.

— Et puis d'ailleurs, tu es ridicule avec ça ! Tu me fiches la honte !

Ce sont mes mains gantées d'argent qui la gênent. J'essaye de lui expliquer la nécessité absolue de cette protection, mais elle trouve mes gants ringards et ne supporte pas l'attention qu'ils génèrent. La constance n'est pas la première qualité de Josette… Et lorsqu'une jolie vendeuse blonde du rayon lingerie s'approche de moi, portant son regard sur mes étincelants appendices – « J'en veux ! Ils sont trop cool ! Vous les avez achetés où ? » –, Josette se ferme comme une huître et m'entraîne loin, très loin au-delà du rayon épicerie en me disant qu'elle aussi en aimerait bien une paire.

— Comme ça, mon chéri, on aura les mêmes ! Ils iront très bien avec ma nouvelle robe turquoise !

Comme un bébé avide de lait, Josette me tend sa bouche en échange de ma carte bleue. Je cède à tous ses caprices et porte même ses paquets, me transformant en mule jusqu'à la porte de son appartement. Elle ne me fait pas entrer.

— Tu m'en veux pas mon chou, je suis é-pui-sée ! Trop crevant de faire les courses avec toi !

Elle me ferme délicatement la porte au nez. Je rentre chez moi, un peu frustré, un peu triste, toujours aussi amoureux. Juste avant le virage qui mène à ma rue, je remarque de nouveau la Jaguar noire qui roule au pas, à mes côtés.

Je suis aussitôt pris d'un violent mal de tête, alors que des flashs de mon rêve, des couleurs vives, se faufilent sous mes paupières.

Je me penche pour essayer de percevoir quelque chose à travers les vitres teintées. Je sens un mouvement, quelque chose qui frémit derrière la vitre. Je tape, mais la Jaguar accélère, manquant de me faire tomber dans le caniveau.

Je la regarde s'éloigner sur le macadam, inquiet, perdu, abandonné, avec des bouts de rêves effilochés qui pendent de mon cerveau.

11. Paris

Josette s'est mise sur son trente et un pour faire honneur à la capitale. Son envie de bien faire me touche, bien que sa tenue (mini robe en soie mordorée, capeline orange et talons aiguille) ne me semble pas particulièrement appropriée à un voyage en train, même si nous voyageons, aux frais de la télévision française, en première classe. Dans un état d'excitation intense, elle a commenté (au grand agacement de notre voisinage) toutes les étapes de notre voyage. Elle s'est émerveillée du confort de la voiture-bar, s'est étonnée de voir cette campagne qui défile vite, trop vite pour qu'on puisse en identifier le moindre chêne, la moindre haie, la moindre vache. Elle n'a jamais vu défiler la campagne comme ça, avec ce flou créé par la vitesse. La traînée verte lui scie son champ de vision et cela la grise. Elle dort à présent, la tête posée sur mon épaule, bercée par le train qui la ballotte. Je reste longtemps comme ça, à observer les fasciculations de ses paupières, les crispations intempestives de ses lèvres. Josette rêve comme un chien. Elle rêve de conquérir la grande ville, elle rêve d'un ailleurs rose et joufflu, d'un Eldorado concocté à base de télé-réalité et des quelques romans Arlequin qu'elle déchiffre avec peine à l'heure du déjeuner.

À la sortie du train, elle est très impressionnée en voyant mon nom sur la pancarte qu'agite le chauffeur envoyé par la production. Je vois son œil s'allumer d'une nouvelle lueur lorsqu'elle me considère. Il y a un je-ne-sais-quoi de respect dans son regard. Un respect qui va croissant en découvrant la chambre luxueuse que l'on nous a attribuée à l'Hôtel Crillon.

Josette n'a pas assez d'yeux pour admirer les meubles, pas assez de mains pour toucher les étoffes soyeuses des tentures, pas assez de nez pour respirer les huiles et senteurs des dizaines de petites bouteilles de la salle de bains. Elle connaît déjà par cœur tous les numéros des nombreux services « offerts » par la maison et appelle le concierge par son petit nom. Elle saute partout, caresse les marbres, actionne les télécommandes, admire la qualité de la literie, essaye les peignoirs et commande du champagne au room service. Elle n'a jamais rien vu de si beau.

À l'arrivée du groom et de son chariot rempli de petits fours, je la vois pleurer pour la première fois. Elle n'est qu'émotion devant toutes ces belles choses qu'elle n'a jamais eues, tout ce luxe cent fois exposé dans les médias qu'elle consomme, mais qu'elle n'aurait jamais pensé accessible. Et voilà que grâce à son « Jean chéri », ce luxe tant convoité est à la portée de ses petites griffes vernies !

Elle ne peut toutefois s'empêcher de commenter le manque de maniabilité du chariot du room service. Elle préfère nettement son chariot épistolaire, qu'elle recommande chaudement au groom en le raccompagnant à la porte.

Le téléphone sonne. Je sais que l'assistant de production m'attend dans le lobby, mais Josette tient à me remercier à sa manière… et les « remerciements » de Josette me sont devenus nécessaires et irrésistibles. Dans les draps frais et les bulles de champagne, nous prenons de nouveau possession de nous-mêmes.

Je suis le centaure nu aux mains gantées d'argent qui la chevauche, décliné cent fois dans la mise en abîme du miroir de la psyché qui reflète nos ébats. Je suis un chevalier médiéval, un héros mythologique et je bois jusqu'à plus soif, à son Graal, le nectar de sa jouissance.

Poudré et pomponné, je contemple avec curiosité ce nouveau visage que je ne connais pas dans le miroir de la loge maquillage. La coiffeuse a cru bon de me crêper légèrement les cheveux (pour faire plus de volume, ils ont tendance à se faire plus rares ces derniers temps) et la maquilleuse a dessiné mes yeux au crayon noir, pour leur donner un air « plus mystérieux ». Bon, c'est moi… le personnage inventé du « moi » qui n'est déjà plus Jean Pratou, l'autre, le Midas maquillé, qui a dépucelé Jean et s'apprête à conquérir le monde télévisuel. Fort du personnage que je viens d'endosser, je cabotine devant le miroir. Je n'ai, curieusement, même pas le trac… et lorsque le présentateur célèbre vient me saluer dans la loge, me prodiguant conseils et me tendant une liste de questions et de réponses prémâchées, je lui réponds que s'il me laisse faire, il verra grimper son audimat ! D'où me viennent ces formules et cette nouvelle assurance ? Je n'ai jamais beaucoup regardé la télévision, préférant l'imaginaire, créé par mes livres, aux images imposées par les vendeurs de soupe. Mais voilà que je parle comme eux à présent ! Voilà que j'essaye de me vendre !

J'ai peut-être un peu vexé ce monsieur au râtelier parfait. Mais ses questions ne sont vraiment pas à la hauteur des surprises potentielles que je peux lui promettre, qui ne manqueront pas de mettre en émoi le public déjà bien chauffé par le chauffeur de salle.

Josette n'en revient pas « d'être à la télé », de croiser tel présentateur ou telle starlette de la chanson dans les couloirs. Elle a failli s'évanouir en voyant la star de son feuilleton préféré sortir des toilettes en rajustant sa jupe. Toute timide, elle est allée se poser en coulisses entre une grosse dame à lunettes et un enfant au strabisme impressionnant. Ce sont les invités de la chronique qui suivra mon intervention et qui est intitulée : « J'ai un enfant laid, mais je l'aime. »

Pour une fois, je suis beaucoup plus maquillé que Josette. Les lumières du studio m'aveuglent lorsque, accompagné par une assistante casquée, je sors du couloir sombre pour aller poser mes fesses de Midas dans le fauteuil rouge qui fait face au sourire plus blanc que blanc du présentateur. Des bravos retentissent. La foule est en liesse ! Mes gants d'argent reflètent la lumière et aveuglent à leur tour le présentateur qui protège ses yeux d'un geste agacé. Son sourire ne disparaît pas pour autant, tout cloué qu'il est sur sa bouche maquillée.

Les applaudissements ont fait place au silence. Je sens le regard de Josette qui me vrille le dos. Le présentateur se ressaisit et s'éclaircit la voix.

— Mes chéris, mes amours, public adoré, merci d'être toujours fidèles à « l'émission qui dit tout » !

Les clameurs et les bravos fusent, le chauffeur de salle fait bien son boulot.

— Comme tous les vendredis, ceci est votre moment, et je suis : celui qui dit tout !

De nouveau, la foule vomit son amour aveugle. Après un silence qu'il veut éloquent et un nouvel hommage à son dentiste, l'homme poursuit :
— Mes amours, cette émission ne ressemblera probablement à aucune autre. Préparez-vous à être surpris, émerveillés même, et laissez à la porte toutes vos certitudes. Ce que vous allez voir aujourd'hui n'existe pas. On peut dire même

que cela ne peut exister… et si je ne l'avais vu de mes propres yeux, je serais vite passé au prochain invité. Mesdames et messieurs, joignez vos mains pour accueillir le super-héros de la journée : Jean Pratou ! Cela ne vous dit rien ? Non ? Mais peut-être le connaissez-vous déjà sous un autre nom, mes petites beautés, le voici : Midas Gray !

Un tonnerre d'applaudissements m'assourdit de nouveau. Les gens sont debout, en révérence, ils hurlent mon nom, les bras tendus vers leur gourou : non, plus l'autre, mais Moi. Je me lève alors, digne, si digne, et m'adresse à la foule :
— Mes amis…

Deux caméras zooment aussitôt sur moi. J'ai fait comme lui, je me suis mis à leur hauteur, je leur parle dans les yeux. Quelle est la force qui a fait de moi celui qui parle aux autres ?!

Mon visage s'étale en gros plan sur l'écran. Je me fais peur. J'ai quarante ans et j'en fais soixante-dix. La magie me ronge à une vitesse inquiétante. Le gros plan me la révèle en pleine face. Le maquillage s'est insinué dans mes nouveaux sillons, le crayon noir a enfoncé mes yeux dans leurs orbites, me créant un masque mortuaire que je dévisage avec effarement. Un silence pesant a conquis l'auditoire, à peine rompu par quelques toussotements gênés. Mon double virtuel reflète ma surprise horrifiée. Le présentateur essaye de rompre la glace en imposant la première question de son questionnaire, mais je me reprends, déglutis et émets ma première pensée sans lui accorder le moindre regard.

— Je suis comme vous, je ne suis qu'un homme simple à qui quelque chose d'extraordinaire est arrivé. Je n'ai aucune idée du « pourquoi » de la chose, encore moins du « comment »… Je ne sais si je suis le seul être au monde capable de faire ça… Ce que je sais, c'est que je suis là pour faire du bien, pour vous faire du bien.

J'entends, au loin, les hurlements de la régie qui grésillent dans l'oreillette du présentateur. Une goutte de sueur pend à son nez et tombe avec un « ploc » liquide sur son micro. Je n'ai pas respecté le scénario, je suis un anarchiste télévisuel !

Monsieur dents blanches panique et sue de plus belle. Je me dirige vers le premier rang. Le silence est dru et dense comme une portion de polenta.

— Nous sommes tous victimes du temps qui passe. Nos objets, nos visages, nos corps vieillissent inexorablement. Quelle aubaine pour ceux qui veulent nous vendre ce qui les réparera ou ce qui les remplacera ! Parce que depuis quelque temps, on nous fait croire que l'obsolète est laid ! À grands coups de publicités et d'offres de crédits, on nous hurle : « Le neuf, c'est mieux que le vieux ! » Avez-vous vu comme on nous terrorise à la seule pensée d'assister à la mort imminente de nos machines ? On nous prépare des années à l'avance à les voir rendre l'âme ! On n'a pas fini de payer les crédits que la chose est déjà morte. Et alors, de propagande en propagande, on nous nourrit de tout ce qui brille, on nous suce le sang pour mieux pouvoir nous le réinjecter... On nous rend même malades pour mieux pouvoir gagner sur nos soins... Rien n'est fait pour durer, tout est bon à jeter et à racheter. Et quand je vois l'immense poubelle qu'est devenu le monde, je pense à nous avec honte... et je me dis que la postérité ne nous pardonnera jamais un tel outrage. Moi, je n'ai rien à vendre... Je ne suis qu'un petit homme, comme vous, un petit homme à qui on a créé des besoins inutiles comme vous, à qui on a menti toute sa vie, comme vous. Et pourtant, regardez ce que je sais faire...

Je m'approche d'une petite vieille, lui soulève le visage d'un doigt argenté. Je fais signe au cameraman de zoomer sur elle. Le présentateur s'est levé et essaye de reprendre le contrôle de son émission. Il balbutie deux ou trois choses écrites sur son prompteur, mais je l'arrête de la main. Je me sens invincible. Le visage ridé de la vieille apparaît à l'écran. Je retire le gant de ma main droite. J'effleure la joue de la dame. Aussitôt, sa peau parcheminée se resserre à la vitesse de l'éclair. La foule pousse un « OH » devant l'étrange gros plan. La vieille contemple sa moitié de visage lisse avec stupeur. Le contraste est impressionnant. Vite, je répare l'autre joue avant qu'elle ne révèle trop longtemps au monde son asymétrie monstrueuse. La foule hystérique me porte au pinacle. Cent mains se tendent vers moi. Tous veulent un peu de ma magie gratuite.

Je lève la main pour les faire taire. Les gazouillis paniqués des annonceurs vrillent les oreilles du présentateur qui retire ses oreillettes et les noie dans son verre d'eau. J'appose à présent la main sur la jambe d'un petit vieux déformé par l'arthrose. Je ne devrais pas, je vais encore mourir un petit peu, mais quelque chose de plus fort que moi me pousse au don de ce moi-même qui ne m'appartient plus. La chaleur électrique me fait entrer en convulsions. Le vieux se relève d'un bond, sautillant sur ses jambes de vingt ans.

D'une voix grave, je proclame :
— Touchez-vous les uns les autres !

Je saisis de nouveau la main du vieux qui saisit à son tour la main de son voisin, qui effleure aussitôt celle de sa voisine.

C'est ainsi que d'être en être, de rangée en rangée, une chaîne humaine, une hélice d'ADN à cent têtes, se forme à partir de mon premier contact. Le flux de mon énergie qui se propage à travers ces centaines de mains est tel, qu'il ajuste une ride ici, un vêtement troué là, ravivant les couleurs et les craquelures diverses et transformant l'auditoire en une masse parfaitement lisse et pimpante.

Un petit garçon qui s'était égaré dans les coulisses vient à moi, en pleurs. Mon dernier exploit est de rendre ses yeux au nounours borgne qu'il me tend. Le présentateur est bouleversé. Il vient à ma rencontre, les mains tendues. Je me hâte de recouvrir les miennes de leurs étuis d'argent.

Épuisé, le dos courbé de fatigue, je me repose dans ma loge. Dans le miroir, je constate les dégâts. Flûte ! Ma petite démonstration m'a coûté cher : j'ai encore pris cinq ans ! J'entends encore l'écho des remerciements, je revois les yeux brillants de tous ces gens qui, à travers moi, se sont transformés.

J'attends Josette, je me prépare à ses commentaires, sûr et fier de l'admiration qu'elle va, sans aucun doute, manifester à mon égard ! J'ai gardé mon maquillage de scène, bien qu'il ait un peu coulé et que mes yeux ressemblent à présent à ceux d'un raton laveur. Josette va être contente : j'ai demandé à la maquilleuse de me procurer un autographe de la vedette de son feuilleton préféré. Comme elle me manque ! J'ai besoin de ma douce, de sa réalité tangible. Josette, elle, saura me faire redescendre sur terre, avec ses petites fesses bien moulées, ses moues et ses fautes de français. J'attends. Mais Josette ne vient pas. La maquilleuse me regarde d'un sale œil. Elle a son fils à aller chercher au centre aéré, elle n'a pas que ça à faire, elle va me laisser deux ou trois lingettes et je me débrouillerai tout seul. Penaud, je lui dis

« oui, oui » et me débarbouille comme une vieille star qui perd peu à peu son visage.

Une voiture m'attend à la sortie du studio pour me rapatrier à mon hôtel, mais je la décline. J'ai besoin de marcher, j'ai besoin de sentir le grondement sourd de la ville, d'en sentir les plaies et les bosses, de m'abandonner dans ses bras. Je suis la Seine comme un automate, je me perds dans les pastilles multicolores des phares qui se reflètent dans l'eau sombre, je renifle à plein nez les odeurs de vase et d'urine, ivre de l'eau qui ne dort pas.

J'entends, dans les clapotis, la complainte de la Seine et je la chante en canon avec les mouettes que j'ai dérangées. En remontant les quais, je distingue les épaves, humaines ou inhumaines, qui jonchent les rives de leur présence malodorante. Ma puissance s'est transformée en impuissance. Je ne peux pas sauver tout le monde ! Il n'y aura jamais assez de vie en moi. Déjà mes forces s'amenuisent. Je ne peux plus avancer. J'attends près du parvis de Notre-Dame un signe divin, une explication, un taxi ? Mais à Paris, ces trois éléments relèvent du miracle !

Dans la nuit qui m'efface, je suis redevenu aussi petit, aussi insignifiant qu'autrefois. Josette dort à poings fermés lorsque je regagne enfin ma chambre. Étalée en croix sur le lit, elle ne m'a laissé qu'une toute petite place. J'essaye de m'y glisser sans la réveiller. Elle doit faire un sacré cauchemar, car elle se bat avec l'oreiller, crispe ses doigts sur le drap en gémissant. Je n'ose la réveiller pour la calmer, alors je la regarde avec amour, jusqu'à ce que ses traits contractés s'apaisent et qu'elle aille se blottir un peu plus loin de moi.

Incapable de m'endormir, je me lève pour aller chercher un peu d'alcool dans le mini-bar. Je me love dans une bergère rococo, triturant le morceau de papier que je viens de prendre dans ma poche, et qui contient le numéro de ma mère. Je me crée le courage nécessaire à l'aide de quelques autres alcools miniatures. Je suis prêt. Je compose les numéros. Il est un peu tard, mais tant pis ! Si mes souvenirs sont bons, Maman a toujours été un animal nocturne. Ça sonne, ça n'en finit plus de sonner, de cette tonalité agressive qui vous mange à chaque fois un peu plus d'espoir.

Subitement, au moment où je vais raccrocher, une toute petite voix criarde retient mon geste. Une petite voix grinçante, glaireuse et fluette que je peine à reconnaître. Ce n'est pas elle. Dans ma mémoire, Maman avait une autre voix : une onctueuse chose teintée de miel. À qui appartient cette agression auditive ?

Ces « allô, allôôôôô » répétés en boucle me heurtent le tympan ! Puis quelque chose d'insoupçonnable se produit, une fin de syllabe plus prononcée, qui à elle seule me ramène à l'intonation de Maman. Il n'y a plus de doute possible, cette intonation caractéristique, celle des agacements devant ma nullité, celle des remontrances, des désamours et des adieux, me transporte en une fraction de seconde dans son giron mal aimant.

Une émotion incontrôlable m'étreint. Qui a cru bon de lui abîmer ainsi les cordes vocales ?

Je lâche, malgré moi, un « Maman » sanglotant.

— Qui êtes-vous ?
— Maman, c'est moi, Jean. Ton fils.

Un silence de dix kilomètres de long accueille cette révélation, un silence qui me fait presque oublier les notes désagréables de ses « allô ».

— Qui êtes-vous ?
— Maman… (je suis incapable de dire autre chose) Maman…

De nouveau ce silence lourd comme un trois tonnes. Je me lance.

— Je suis à Paris, je suis ton fils, je suis venu te voir.

Et elle, presque tout de suite :
— Je suis très occupée… j'ai un récital dans deux jours…

Je respire, je frémis, je suffoque.

— Maman, tu n'as plus de récitals… Tu ne chantes plus que dans ta salle de bains.

Le silence suivant est encore plus pesant que les autres. Oui, je sais, j'ai été méchant, cruel. Je suis le fils indigne qu'elle a bien fait d'abandonner. Un sanglot étouffé au bout du fil me confirme que je lui ai fait du mal, mais je n'en éprouve aucune honte. Oui, cette petite mesquinerie revancharde m'a presque fait plaisir.

J'attends que sa respiration envahisse de nouveau les ondes. Ma voix à moi est claire comme de l'eau de roche.

— Maman, il faut que je te voie, c'est très important.
— Venez prendre le thé demain, à cinq heures, nous parlerons du programme.

Voilà qu'elle me prend pour son agent, à présent ! Maman aurait-elle perdu la boule ? Je préfère ne pas la contredire. Je me racle la gorge, respire un grand coup et prends rendez-vous pour le lendemain, à l'heure du thé. Je lui apporterai ses fleurs préférées, un bouquet de freesias blancs. J'espère qu'elle m'ouvrira.

12. Maman

Maman va détester Josette. Je le sais. C'est pourquoi j'hésite sur le pas de la porte, Josette endimanchée à mon bras, une gerbe de freesias blancs et odorants à la main. Josette a beaucoup insisté pour venir. Elle n'a jamais vu de cantatrice. Elle s'attend à voir une déesse. Il est cinq heures moins une. Maman adore la ponctualité.

Un retard d'une seconde peut lui provoquer des spasmes. J'ai préparé Josette toute la matinée. Je l'ai briefée sur les sujets à éviter, ai corrigé de mon mieux ses efforts vestimentaires. Mais Josette n'aime pas qu'on décide pour elle et, peu à peu, elle a rajouté à sa mise tous les superflus que j'avais ôtés. Elle a un côté « arbre de Noël » qui va beaucoup amuser Maman.

Je respire un grand coup et toque à la porte. J'entends des pas secs sur le parquet, de l'autre côté, des petits pas pressés et sonores. Maman a mis ses talons. Elle hésite au judas, un petit peu trop longtemps. Et puis elle ouvre. La diva a revêtu ses plus beaux atours. Elle est maquillée comme si elle allait sauter sur scène dans deux secondes. C'est Maman, mais une version rétrécie de Maman, toute sèche et anguleuse. Elle a recouvert ses cheveux fins d'un turban muni d'une pierre précieuse centrale. On dirait un maharadjah.

Son regard noir se pose immédiatement sur Josette, qui a la bouche ouverte en un parfait petit « oh » admiratif. S'ensuit un court moment suspendu dans le temps, une immobilité temporelle, et puis Josette se plie en une révérence maladroite. Le coin des lèvres de Maman se relève légèrement en un rictus de mépris, à peine perceptible. D'ailleurs, Josette ne le distingue pas, mais, malgré les années d'absence, je connais par cœur chacun des rictus de Maman et sais les interpréter au quart de tour. C'est seulement alors qu'elle daigne poser son regard sur moi. Une hésitation, un agacement. Elle ne me reconnaît absolument pas. J'aurais cru pourtant que les liens du sang… Mais non. Maman referme la porte sur nous en grommelant que nous nous sommes trompés d'étage.

Je pousse la porte contre elle en murmurant :
— Maman !

Ma voix chuchotée a dû réveiller en elle de lointains souvenirs, car elle laisse la porte béer un peu plus et me considère à présent avec attention.

— Jean ?

Nous entrons dans le vestibule. Elle recule, lentement, s'agrippant aux meubles. Elle ne cesse de me scruter des pieds à la tête.

— Pourquoi portes-tu ces gants ridicules ?

Josette acquiesce en silence. Je lis dans son regard une autosatisfaction insupportable. Elle chuchote :
— Ah, je te l'avais bien dit !

Maman s'étale dans son ottomane, prenant sa pose favorite, celle que j'ai vue tant de fois sur les programmes de ses opéras. Josette trépigne sur ses talons de douze centimètres. Elle n'y tient plus, le trac a eu raison de sa vessie :
— Il faut que j'aille faire pipi. C'est où les petits coins ?

Maman tourne sa tête lentement vers elle. Un air de dégoût prononcé lui tord le visage.

— Les petits… coins ?

Je mets fin à la torture de Josette.

— La « powder room », Maman.

Maman a toujours trouvé plus chic de traduire en anglais les expressions et mots qui désignent nos besoins vitaux les plus vulgaires. Ainsi le caca se transforme en « poop », le pipi en « wee wee ». On ne dit pas « vomir », mais « puke » ou « barf », on ne rote pas, mais on « burp » !

Maman fait un vague signe exaspéré vers le fond de la pièce. Josette suit la direction, rouge de honte, s'empêtrant dans les nombreux bibelots et

animaux empaillés qui lui font obstacle. Maman et moi sommes seuls à présent, silencieux et seuls. Elle me fixe de ses petits yeux délavés et puis, elle n'y tient plus :
— C'est quoi… ça ?

Elle pointe un doigt décharné dans la direction que vient de prendre Josette.

— Ma fiancée, Maman. Josette. Je l'aime.

Maman soupire à fendre l'âme.

— Tu n'as jamais su t'entourer…

Je suis toujours debout, elle ne m'a même pas offert une chaise. Je me place dans le fauteuil qui lui fait face. Je suis envahi d'une étrange tendresse pour cet être qui ne m'aime pas. Les larmes coulent toutes seules sur mes joues. Ça la gêne. Pour casser le silence, elle rit. Un rire de corneille désagréable.

— Tu es vieux !
— J'ai quarante ans, Maman.
— Impossible, je ne peux pas avoir un fils aussi vieux.

Et puis, après un temps…

— Tu fais beaucoup plus.

Je n'ai plus le temps. Je n'ai plus le temps de subir son mépris. J'ai tellement de choses à lui dire, tellement de choses à lui pardonner.

Alors toute la carapace, qu'elle a su, en l'espace de dix minutes, reconstruire autour de moi, craque. J'approche mon fauteuil tout près d'elle. Elle a un sursaut de recul.

— Je suis ton fils, que tu le veuilles ou non. Je suis venu te montrer ce que, malgré toi, je suis devenu.

Elle se tasse un peu plus sur son ottomane. Elle ne sait plus où regarder, tant je suis proche d'elle. Ses yeux papillonnent de droite à gauche. On dirait qu'ils veulent s'échapper de leurs orbites. Ils ne veulent pas rencontrer les miens.

— Je n'ai jamais demandé à ce que tu naisses.
— Je n'ai jamais demandé à naître non plus. Mais j'aimerais beaucoup que tu assistes à ma renaissance.

Dans le miroir de sorcière du dix-huitième siècle qui orne le mur du salon et qui nous surveille de son œil caméléon, je viens de voir apparaître la silhouette de Josette. Maman est de dos, elle ne la voit pas, elle rit d'un rire grinçant et désespéré.

— Ha ! C'est ça, ta renaissance, cette pouffiasse de Prisunic, cette traînée ridicule dans ses habits de fête ! Je croyais au moins t'avoir appris l'élégance !

Le reflet déformé se fige à présent, exhalant un cri avorté.

Josette parcourt la pièce à grandes enjambées. Elle se pose devant moi, rouge de colère.

— Tu vas la laisser me parler comme ça ? Cette salope qui t'a abandonné ? Tu vas la laisser m'insulter ?

Maman a pris l'un de ses airs hiératiques qui la protègent de toutes les situations désagréables. Un duel silencieux confronte les deux femmes de ma vie. Je me penche vers Josette, lui prends la main.

— Il faut que je lui parle. Va m'attendre à l'hôtel. S'il te plaît.

Josette me jette un regard haineux et sort sans un mot, en claquant la porte. J'ai presque envie de lui emboîter le pas, mais ma mission me retient.

— Bon débarras ! croasse la vieille.

Je me lève et parcours des yeux cette pièce où elle a entassé tous les souvenirs de sa vie. Parmi les bibelots, les cupidons joufflus, les cadres, les photos et les centaines de partitions éparpillées çà et là, je ne distingue pas la moindre trace de ma présence. Pas la moindre photo de son petit garçon oublié. Maman m'a oblitéré. Je considère le petit tas chétif recroquevillé sur son ottomane et je me dis que je suis l'homme issu de ce tas, que j'ai le courage de faire ma demande et qu'elle me doit au moins ça. Alors je m'approche de nouveau, m'agenouille à ses pieds, et pose ma tête sur ses genoux. Je sens une raideur de dégoût parcourir son corps, mais je me love un peu plus sur ses genoux osseux.

— Maman, je ne viendrai plus t'embêter, c'est peut-être la dernière fois, je ne te demanderai plus jamais rien. Mais j'ai besoin de savoir et tu me dois au moins ça, considère que c'est mon héritage : donne-moi le nom de Papa !

Ses traits se sont légèrement adoucis à mon contact, comme si lentement elle retrouvait les sensations d'une maternité oubliée, comme si le poids de ma tête avait repris tout naturellement sa place dans son giron. J'entends sa respiration hachée, je retrouve le parfum de bergamote à peine affadi par le temps. Je suis l'immense fœtus qu'elle n'a jamais désiré. Et puis tout doucement, ses doigts maigres se posent sur mes cheveux. Des flots de paroles ininterrompues s'échappent de ses lèvres trop longtemps restées hermétiques.

— Cet été-là, à Formentera… Mon diplôme en poche, ma voix toute nouvelle, toute trouvée…

L'étendue de cette voix, le timbre pur et clair qui parlait à l'âme… La voix portée par le vent de Formentera qui se mêlait au bruit des vagues, alors que presque nue, blonde et salée, je parcourais les sables, Ravel en tête et à tue-tête… Et lui, derrière une dune, blond et salé aussi… Les notes d'une guitare qui viennent à la rencontre de ma voix, par-dessus la dune. Nos notes qui se rencontrent et se connaissent avant nous, avant cette première confrontation de nos corps, de nos mots, de nos âmes. « Un cœur seul pas de cœur, un seul cœur tous les cœurs. » Une seule extase, plus jamais retrouvée, le temps d'un été à Formentera. La voix des anges et puis le silence… Plus un mot, plus un geste, plus rien… Après lui, plus jamais aucune sorte d'amour, comme s'il avait en quelques jours absorbé tout le potentiel de tendresse que j'avais à donner. Je n'ai jamais pu exprimer ça, même pas à toi, fils de cet amour-là. Alors, que me restait-il d'autre que la musique, cette autre élévation de l'âme ?...

— Dis-moi son nom, Maman… Fais-moi ce cadeau… juste celui-là…

Le soupir de Maman, gros comme un sanglot, se termine sur un chuchotement, l'évocation de cette formule magique :

— « John Honeyfield. »

Le nom de mon père. Qu'est-il devenu après cet été-là ? Après cette romance ensevelie sous le sable ? Il est passé de la parenthèse enchantée aux guillemets qui encadrent un nom qu'on ne prononce plus.

Un chemin une fois partagé, une seule fois. Deux lignes tortueuses qui se mélangent et se raidissent subitement en deux lignes droites qui jamais ne se croisent. La seule formulation du nom a rendu mon héros tangible, concret. S'il a un nom, c'est que je suis bien le fils de quelqu'un. Et cette notion m'est plus douce qu'un trésor de flibustier. Il ne me reste plus qu'à en trouver la carte.

Je parcours le salon, je cherche partout, un signe, une enveloppe, une adresse, une couverture de livre. Je cherche dans les tiroirs, me dépouille de mes gants d'argent pour avoir plus d'accès aux interstices, aux tiroirs secrets. Je soulève une tabatière du dix-huitième siècle qui reprend aussitôt ses couleurs et ses dorures originelles. Même le petit couvercle de marbre, que j'ai toujours connu craquelé, ressoude ses brisures. D'objet en objet, de cadre en cadre, je ravive deux siècles d'antiquités ! J'appose, jusqu'à plus soif, mes doigts toujours plus vieillissants sur les moindres meubles et babioles, jusqu'à ce que le salon de Maman si amoureusement chiné de brocantes en ventes aux enchères, paraisse tout droit sorti d'un magasin de meubles modernes et scandinaves.

Oh ! Les deux petits Tintoretto, acquis à prix d'or après une tournée internationale de Madame

Butterfly… Les voilà à peine secs ! Une goutte d'huile de lin perle encore sur le vermillon ! L'odeur puissante de l'huile fraîche envahit le salon ! Ciel ! La commode Louis XVI qui scintille sous ses ors prérévolutionnaires !

Maman a les yeux écarquillés d'horreur. Elle ne s'étonne pas des dons surnaturels de son fils, elle n'est pas admirative devant ses facultés nouvelles et pour le moins étranges… Non… Elle est figée, mortifiée, sur son ottomane, seul meuble encore exempt de mes rénovations.

— Monstre ! Tu leur as enlevé toute leur âme ! Barbare !

C'est un cri rauque et désespéré qui s'est échappé de sa gorge. Et puis d'une toute petite voix à peine audible, elle poursuit…

— Mes choses… Mes choses… Tu leur as enlevé leur vécu, tu les as spoliées de toute émotion. Elles ne sont plus que des bouts de matière froide et vide…

Alors, je la regarde avec tendresse et lui murmure :
— Je te pardonne.

Et puis j'approche lentement mes mains nues de sa gorge. Elle recule, horrifiée, transie de peur, certaine de l'issue, fascinée par mes longs doigts ridés qui s'apprêtent à enserrer son larynx.

Les yeux dans les yeux, nous restons un long moment comme ça : elle, persuadée que je vais l'étrangler, toute prête à rendre aux dieux cette âme qu'elle a cherchée partout jusque dans sa musique ; moi, les doigts vibrants et chauds, un court instant appuyés sur sa gorge. Puis, sans mot dire, je me retire, la laissant seule et tremblante sur l'ottomane, figée dans son incompréhension. Je claque doucement la porte derrière moi. J'ai à peine franchi le seuil, que la voix merveilleuse et cristalline de Maman résonne derrière la porte. Sa voix d'avant, sa voix de diva merveilleuse, reconstituée par les mains d'un fils qui pardonne. Sa voix extraordinairement puissante qui me chante la berceuse d'autrefois, ma princesse de « L'enfant et les sortilèges ». Celle que je me chantais en boucle, quand, tout abandonné, je ne l'entendais plus de sa bouche…

— Oui, c'est elle, ta princesse enchantée, celle que tu appelais dans ton songe, la nuit passée. Celle dont l'histoire commencée hier, te tint éveillé si longtemps. Tu me cherchais dans le cœur de la rose et dans le parfum du lys blanc. Tu te chantais à toi-même, elle est blonde avec des yeux couleur du temps, tu me cherchais, tout petit amoureux. Et j'étais, depuis hier, ta première bien-aimée…

Je dévale les escaliers en pleurant, comme l'enfant sans sortilèges que j'ai cessé d'être et dont je viens de faire le deuil.

En rentrant à l'hôtel, je m'étonne de l'absence de Josette. Elle a laissé ses affaires en vrac, disséminées dans la chambre. J'essaye de rassembler les effets qu'elle a balancés avec rage en essayant de trouver la tenue idéale pour aller voir Maman. De la poche d'une veste rose, tombe un petit carnet non moins rose, fermé par un élastique. Ma première réaction est de le replacer dans la poche. La curiosité l'emporte. Je sais, je n'ai aucun droit d'envahir ainsi son jardin secret. Je suis las des secrets. Alors j'ouvre. C'est le moment exact où Josette apparaît sur le seuil de la porte, les bras chargés de paquets. J'ai à peine le temps de fourrer le carnet dans une poche de ma veste. Ouf! Elle n'a rien vu, trop occupée à placer ses nombreuses nouvelles acquisitions sur le lit.

Josette est radieuse, comme illuminée de l'intérieur. Elle vient de se faire un shoot de shopping plus puissant qu'une dose d'héroïne. Ses endorphines sont gonflées à bloc. Elle ondule vers moi, enveloppe ses bras autour de mon cou et se trémousse contre mon début d'érection. Elle ne s'est jamais montrée aussi câline. Mais à peine ai-je émis l'intention de la jeter sur le lit et de la ravir sur-le-champ, qu'elle se détache de mon étreinte avec une petite moue enfantine.

— Ah non! On n'est pas venus à Paris pour ça, mon cœur! Après le shopping, pas de cul, de la culture! Tu ne voudrais pas qu'on me trouve superficielle quand même… Et puis tu m'avais promis de m'emmener au Louvre… J'ai vérifié, ce soir y a nocturne !

Je suis fier d'elle, de moi, de ce rôle de mentor que je me suis attribué et qu'elle a l'air de cautionner avec tant de sincérité. Josette sait donc se remettre en question ! Josette veut s'élever à mon contact ! Elle a vérifié les horaires du Louvre ! Voyons, il est dix-neuf heures, le musée ferme à vingt et une heures quarante-cinq. Le temps d'y aller, il nous reste deux heures. De quoi lui montrer mes pièces favorites. Elle me tend même deux tickets d'entrée qu'elle s'est donné la peine d'aller chercher toute seule, un peu aidée par le concierge…

Je la trouve tellement mignonne que je lui donne un baiser chaste sur la joue et l'entraîne aussitôt hors de la chambre.

« Le papyrus médical E 32847, acquis par le Louvre en 2006, a connu une large publicité parmi le monde scientifique touchant tant à l'égyptologie qu'à l'histoire de la médecine. Cependant, l'impatience légitime liée à la publication de son contenu doit être modérée par l'état de conservation particulièrement délicat et singulier du support, exigeant un traitement dont il faudrait encore inventer le protocole. Ce traitement, toujours inexistant à ce jour, sera le préalable incontournable à toute manipulation des fragments, nécessaire à l'établissement du texte et à la compréhension du document, dans la mesure où les limites de l'utilisation de l'imagerie numérique ont été atteintes. »

Josette vient de lire, sans la comprendre, cette notice qui accompagne le rouleau très abîmé mis en évidence dans la salle égyptienne, que j'ai retrouvée avec émotion après trente ans d'absence. Combien de fois me suis-je accroupi auprès des momies de Padiimenipet et de Nenou, si touchantes dans leur défi contre la putréfaction. J'en ai passé des heures en leur sereine compagnie à recopier les cartouches et hiéroglyphes sur mes carnets d'écolier ! Mais je ne connaissais pas l'existence de ce document ! Un traité de médecine absolument unique en son genre, rendu illisible par les outrages du temps, mais qui contient sans doute des remèdes inconnus, des pratiques qui pourraient peut-être même sauver l'être humain de sa propre autodestruction !

Je reste fasciné devant la vitrine qui recèle ce trésor potentiel. Josette me tire déjà par le bras en me disant qu'elle a peur des momies, qu'elle a vu un film terrible dans lequel une momie se réveillait après des siècles pour aller attaquer le genre humain. Elle n'aime pas du tout ces « bouts de viande calcinés » et a vraiment très envie d'aller voir sourire la Joconde. Je quitte à regret ce document. Une pichenette de ma part aurait pu le restaurer s'il n'avait été protégé par une double couche de vitres incassables… Et dire que je tiens en moi le pouvoir de ressusciter la connaissance humaine ! D'en révéler les mystères les plus essentiels !

Je pense aux manuscrits incomplets de la mer Morte, aux nombreux documents qui conservent encore leurs manques énigmatiques…

Qui sait quels secrets ils pourraient révéler grâce à mon intervention ! Tant de fragments de papyrus, tant de textes mangés par le temps ! Pourrais-je ainsi un jour découvrir les origines cachées du monde ? Répondre à toutes les questions oubliées et ensevelies de l'Histoire ?

Si seulement j'avais accès aux documents incomplets, je porterais en moi les réponses de l'humanité… Cette sensation de surpuissance potentielle m'enivre, je me dis qu'à la sortie du musée je me ferai connaître auprès du directeur du département antiquités pour lui proposer mes services.

Que ce serait passionnant de résoudre ces énigmes, de me faire le révélateur du patrimoine culturel mondial !

Tout à mes rêveries, j'ai du mal à suivre Josette qui parcourt les salles à toute vitesse, sans se soucier des trésors qu'elle laisse derrière elle sans même y jeter un coup d'œil. Car Josette ne s'arrête que devant les deux ou trois tableaux qu'elle a pu

voir à la télé. Sa perplexité est grande devant les quatre saisons d'Arcimboldo :
— Ah ! ça c'est bien ! C'est la pub pour Perrier ! C'est marrant qu'il l'ait exposée au Louvre !

Elle est très déçue par la Joconde. Déjà, elle ne voit rien, car une foule de Chinois qui s'est agglutinée devant l'œuvre ne lui laisse qu'un accès visuel très limité.

— Elle est toute petite ! C'est de l'arnaque ! Elle était beaucoup mieux dans la pub pour Ferrero Rocher !

En bon mentor, je lui pardonne et lui explique les origines réelles de ces œuvres, mais je la sens tout agitée, comme pressée de sortir.

De temps en temps, je la vois jeter des regards inquiets autour d'elle. Elle ne m'écoute pas, presse le pas, sans jamais s'arrêter devant les merveilles qui l'entourent. Tout essoufflé, je la suis dans sa course folle, frustré de ne pas pouvoir m'arrêter devant les objets et tableaux, tous ces amis qui ont bercé mon enfance.

Elle monte quatre à quatre les cinquante-neuf marches de l'escalier Daru.

Je la vois enfin se figer, coupée net dans son élan, émerveillée par la vision impressionnante qui vient de se présenter à ses yeux : sur son bateau de pierre, la Victoire de Samothrace termine son vol, effleurant à peine la surface de la base, les ailes déployées, le pied gauche encore en l'air, le pied droit à peine posé sur le pont. Je m'approche de Josette pour lui raconter le rapport privilégié que j'ai toujours eu avec la Victoire, mais le cher ange me semble perplexe.

Un détail la contrarie.

— Pourquoi elle a pas de tête ?
— Elle n'a pas de bras non plus.
— Pourquoi ?

Pourquoi ? En effet !

Je regarde à droite et à gauche, l'escalier est désert. Seule une petite vieille remonte son bas, au bas des marches. À l'entrée, un garde dort profondément, la casquette sur les yeux, les jambes écartées, le corps engoncé dans sa chaise en bois… Alors, l'air de rien, je m'approche, et d'un geste agile, je grimpe sur le bateau de pierre comme un moussaillon de plus. Josette a compris. Elle est fine, la guêpe !

Elle m'encourage en chuchotant :
— Oui ! Oui ! Vas-y ! Je veux voir la tête qu'elle a !

J'attrape le marbre froid de la jambe blanche de Miss Victoire. Aussitôt, la pierre devient translucide et une veine lumineuse parcourt la jambe blanche. Je remonte ma main sur son corps voluptueux et, à mon contact, la veine anime le marbre jusqu'à son cou, faisant pousser deux bras à son passage, puis reconstituant la tête de la beauté jusqu'à sa dernière mèche.

Josette bat des mains et sautille comme un moineau. Mais un détail stoppe net sa liesse. Elle s'approche de la Victoire, pour pouvoir l'observer d'un peu plus près. Elle est stupéfaite.

— C'est dingue comme elle me ressemble !

C'est vrai qu'elle lui ressemble ! Même si Josette n'est pas ce que l'on pourrait appeler une beauté classique, il y a quelque chose dans cette sœur de marbre qui les unit : une nonchalante sensualité, une innocence mêlée de confiance qui tantôt se révèle et tantôt se cache dans leurs visages presque parfaits. Oui, Josette aurait pu servir de modèle à Miss Victoire, mais ce n'est pas ce qui me surprend le plus. Depuis ma plus tendre enfance, chaque fois que je dévale les escaliers pour aller voir Victoire, je m'attends à la voir brandir quelque chose, un symbole de cette victoire annoncée, une trompette, une couronne de laurier, une colombe, que sais-je ?

Les nouvelles mains de la Victoire ne brandissent rien. La droite exécute un petit salut discret au monde alors que la gauche se tient sagement posée sur sa hanche. Je ressens alors une grande tristesse. J'ai tué en un seul geste des siècles d'imaginaire. J'ai imposé au monde une seule et même image, un seul et même visage. L'extrême beauté de cette œuvre, outre sa perfection sculpturale, était justement qu'elle pouvait suggérer tous les visages, tous les bras, levés vers le ciel ou non, porteurs d'objets ou non.

Josette, elle, est ravie, mais sa joie est de courte durée. Déjà, j'entends les rumeurs et les cris incrédules des deux ou trois visiteurs qui viennent de déboucher devant l'escalier. Le gardien est tombé de sa chaise et se frotte les yeux, hagard.

J'enfile en vitesse mes gants, empoigne Josette et l'entraîne à travers les salles. Je dois avouer que j'hésite devant la Vénus de Milo, me remémorant mes premiers émois devant ses petits seins ronds. En observant les charmants moignons de ses bras absents, je me demande si elle ne va pas être jalouse de sa consœur Victoire… Je la contourne sans l'effleurer et me réjouis aussitôt de ma décision de la laisser intacte, malgré les regards insistants de Josette qui commence à trouver mes reconstitutions très amusantes. Les clameurs se font maintenant plus présentes. La nouvelle s'est répandue comme une traînée de poudre dans tout le musée. Partout on parle du « miracle de la Victoire » ! Les visiteurs, les gardiens affluent, même à contresens, pour aller admirer la statue recapitée. La vieille qui remontait son bas m'avait surpris sur le socle et voilà qu'à présent elle me pointe du doigt.

— C'est lui ! Il est monté sur le bateau ! Je l'ai vu comme je vous vois ! C'est lui, je vous dis !

Un minuscule instant de doute et nous voilà poursuivis par les gardiens. Je cours à perdre haleine, Josette à la main. Derrière moi, les commentaires fusent :
— C'est Midas ! Le type de la télé ! Je l'ai reconnu, il est passé sur la Une !
— Il fait beaucoup plus vieux qu'à la télé !
— Mais non, idiot, c'est le maquillage !
— C'est qui la meuf avec lui ?

Je n'ai plus de souffle. Mes jambes sont lourdes. Je suis au bord de l'apoplexie, moi qui, il y a à peine un mois, faisais mes cinquante-six longueurs de piscine sans broncher. Je sens Midas qui grignote petit à petit ma vie de Jean Pratou… À quarante ans juste sonnés, vais-je tomber malade, de ces maladies de vieux monsieur ? Midas Gray, je t'en supplie, laisse-moi assez d'énergie pour pouvoir faire l'amour à ma Josette ! Tu m'as pris mon pucelage, tu m'as fait connaître ces choses-là et je ne peux plus me passer de la combler.

En attendant, Josette mène et moi je la suis, au bord de l'infarctus. Elle m'entraîne vers la sortie, mais je n'arrive plus à tenir son rythme. Alors je me plie en deux, j'arrête, je souffle comme un âne.

La horde approche, je panique. Le temps de me déplier, Josette a disparu.

Dans la cour du Louvre, j'essaye de distinguer ma bien-aimée parmi les fourmis multicolores et multilingues qui grouillent à cette heure. Appuyé à une colonne du café Marly pour reprendre mon souffle, je vois un pan de sa robe disparaître derrière un coin d'arcade. La vue de sa jambe me fait retrouver l'usage des miennes, je pars à sa poursuite. Rien! Pas une trace de Josette sur la place, pas la moindre réflexion d'elle dans le verre de la pyramide. Fébrile, je cherche mon portable et compose son numéro, mais seule la voix nasillarde de sa messagerie me répond.

Embêté et pensif, je marche le long de la rue de l'Amiral-de-Coligny. Je croise un homme assis sur un banc. Il a l'air très absorbé par la lecture de son journal, mais pourtant, à mon passage, il me dévisage avec insistance.

En lisant la Une de son journal, je comprends pourquoi : « L'homme qui se fait appeler Midas. » Me voilà, moi, en première page, photographié sous tous mes angles, ridé comme une pomme, devant les visages béats des téléspectateurs!

Mon Dieu que je suis laid! Laid mais célèbre.

Je fais la bêtise d'entrer dans le premier kiosque à journaux que je trouve sur mon passage.

LE MONDE
L'HOMME QUI SE FAIT APPELER MIDAS

Étrange phénomène que ce petit bonhomme anodin qui a harangué les foules hier soir à la télévision. Outre ses facultés extraordinaires, dont nous ignorons à ce jour si elles sont le fruit du hasard, d'un canular ou d'une modification génétique, il a pris la parole et s'est adressé à la foule comme un pro ! Un pro/prophète de l'anticonsumérisme ! Il y a fort à parier que ce petit homme là risque d'en gêner plus d'un.

LIBÉRATION
MIDAS OU L'OBSOLESCENCE OBSOLÈTE !

L'anticonsumérisme a trouvé son nouveau gourou en la présence du chétif Jean Pratou, alias Midas Gray. Ce vieux petit jeune homme vient de secouer la planète en rajeunissant en quelques secondes tout un plateau de télévision ! Déjà, cela gronde dans les milieux esthétiques, une industrie qui pèse des millions d'euros et qui voit d'un très mauvais œil les prouesses gratuites de Midas.

LE PARISIEN
IL FAIT DU NEUF AVEC DU VIEUX !
MIDAS GRAY ! INFO ou INTOX ?

Il est l'homme dont tout le monde parle depuis son extraordinaire prestation hier sur la une, lors du talk-show préféré des Français : « Celui qui dit tout ! » Cet homme pourrait bien à lui seul abolir la profession de chirurgien esthétique ! Mais comment croire à l'inexplicable pouvoir que ce « monsieur Tout-le-Monde » exerce sur la matière ? On dit que Midas a déjà reçu plusieurs appels de Los Angeles… Les stars américaines vont se « Midassiser » ! Voir en page 2.

Mon nom court dans toute la presse nationale et internationale ! Ma pomme partout, mes mains d'argent déclinées à l'infini ! Je suis une vedette internationale !

THE SUN
MIDAS SILVER HANDS!!!

Read all about fabulous Frenchman Jean Pratou who wowed French television audiences yesterday night with his fantastic and magical rejuvenating powers ! Is it a hoax ? Something old, something new, something fishy I'm telling you !

Le Sun me menace de mort ! Le London Times craint pour ma vie ! Il fait une étude approfondie sur les pouvoirs des lobbies industriels, des papes de l'obsolescence programmée, qui vont voir d'un sale œil non seulement mes interventions, mais surtout la prise de conscience qu'elles provoquent chez les consommateurs. Car il est évident que je ne peux pas « réparer » le monde entier, même si j'ai prouvé qu'une certaine fraternité pouvait, grâce à mon influx, provoquer une réaction en chaîne.

L'éveil que je suis en train de faire naître chez les gens est un éveil dangereux, subversif, et même, oserai-je aller jusque-là ?... menaçant pour l'économie mondiale.

Les bras chargés de journaux, je poursuis ma route solitaire, espérant voir apparaître Josette au détour d'un abribus. J'entends derrière moi un vrombissement que je ne reconnais pas tout de suite. Et puis une ombre noire me dépasse. J'ai à peine le temps de percevoir un reflet du soleil couchant dans la carrosserie de la Jaguar. Je suis rattrapé par mon rêve ! Ma surprise est telle que je laisse échapper ma brassée de journaux qui s'éparpillent sur le macadam. En un clin d'œil, je sens une paire de mains musclées m'attraper au collet et je suis happé à l'intérieur du monstre. Deux hommes inconnus me contraignent sur la banquette en cuir de la Jaguar. Ils n'ont pas l'air commodes. Un troisième homme, assis à l'avant à côté du chauffeur, m'observe dans le rétroviseur. Il a l'air plus civilisé que les autres, alors c'est à lui que je m'adresse.

— Il doit y avoir une erreur… Je ne sais pas ce que vous me voulez, mais…

Pour toute réponse, il pose un doigt sur sa bouche et laisse échapper un « chut », alors que je ressens dans mon bras droit une vive piqûre.

Je sombre dans un monde noir qui ne me laisse plus aucune réaction. Je reprends conscience dans un univers blanc. Ébloui et vaseux, je peine à discerner les contours, à me faire une idée de l'endroit où je me trouve. Des voix indistinctes se répondent en écho autour de moi. J'essaye de porter la main à ma tête pour me protéger de la lumière qui me vrille les paupières, mais je m'aperçois vite que tous mes membres sont entravés. Alors que je m'habitue peu à peu à l'extrême luminosité qui déforme les êtres et les objets qui m'entourent, les allongeant démesurément, mes oreilles aussi se réveillent, joignant le son à l'image.

— Monsieur Pratou ! Jean ! Réveillez-vous ! Réveillez-vous !

Cette situation est tellement improbable qu'elle me laisse sans voix. Je suis là, muet et impotent, étendu sur une table d'observation, apparemment relié à de nombreux câbles et instruments aux « bip-bip » agaçants et réguliers, qui me scient la tête comme une musique électronique. J'ai la bouche pâteuse et le souffle court. Et j'ai peur, très peur…

Un visage masqué de blanc se penche vers moi. Je ne vois que ses yeux, mais ils contiennent toute l'exaltation du monde. Une exaltation de chercheur qui a trouvé ce qu'il cherchait, la folie dévastatrice de l'homme qui vient de gagner au loto, de l'homme à qui on vient de promettre la lune. Et je comprends, là, tout de suite, que je suis l'objet de cette folie-là, que je suis ce que cet homme cherche et a toujours cherché, la clé de sa reconnaissance.

Je comprends que je suis désormais la chose de cet homme, qu'il a fait de moi sa proie, que je lui appartiens parce qu'il a cru bon de le proférer et qu'il le fait au nom de la science.

— Monsieur Pratou, sachez que vous êtes en sécurité ici, et qu'aucun mal ne vous sera fait. Je vous demande pardon pour la manière quelque peu « cavalière » que nous avons employée pour vous mener jusqu'à nous. La compagnie pour laquelle je travaille n'a pas l'habitude de tels procédés. Mais il fallait agir vite, dans l'intérêt de tous. La concurrence est rude, et le temps est un facteur de réussite. Je suis d'avis qu'il joue pour nous et contre les autres…

Je l'observe en silence. Je ne comprends toujours rien. Qui sont ces gens ? Que me veulent-ils ? Je n'ai rien fait de mal ! Je ne suis qu'un objet de foire télévisuelle… Que me veulent-ils à la fin ?

— J'ai toujours aimé être le premier…

J'essaye de parler, mais ma gorge est tellement sèche que seul un mince filet de borborygmes rauques et inintelligibles s'échappe de ma bouche. Quelque chose qui ressemble à : « Qrutlof vahhhr prufitthh » et qui ne veut certainement pas exprimer ce que j'ai à lui dire. L'homme masqué me tend une paille reliée à un verre d'eau. Je bois avec reconnaissance. Je n'ai jamais eu aussi soif! Mais que mettent-ils donc dans leurs drogues?

Après deux ou trois respirations, je parviens à murmurer:
— Qui êtes-vous?

Je ressens aussitôt une vive douleur dans la tempe droite, comme si un flux électrique était venu griller mes neurones. Je hurle. On s'empresse autour de moi. Je sombre de nouveau dans une miséricordieuse inconscience.

Le temps élastique m'étire et me relâche comme un yoyo. Je ne sais plus qui de mon cerveau ou de mon corps prend possession de moi. La souffrance est réelle, mais les mondes inconnus qui s'offrent à mon aveugle perception agissent comme un analgésique. La beauté de ces mondes me transporte, la musique qui s'en échappe m'exalte. Le bonheur que je ressens est au-delà du supportable et se transforme vite en une autre forme de douleur qui provoque mon réveil.

De nouveau conscient, je me retrouve cette fois dans une petite pièce exiguë et sombre. Une veilleuse projette des ombres inquiétantes dans la pièce, des monstres de perfusions sur une patte, un mobilier rudimentaire et aseptisé. Je suis libre de mes mouvements, mais chacun de mes gestes pèse une tonne. J'essaye de me lever, tanguant sur mes jambes. Je m'aperçois que chacun de mes doigts est enveloppé d'un pansement. En tentant de pousser la porte, sans trop y croire, un cri de douleur m'échappe. Mes doigts sont à vif, comme s'ils avaient été « scalpés » de leurs empreintes digitales. Je m'acharne, encore et encore, contre la porte, essayant de la défoncer de mon épaule. Mais force est de me rendre à l'évidence, je suis prisonnier de cet antre. À travers le hublot qui déforme mon vis-à-vis, je perçois les couloirs blancs et déserts de ce qui doit être une sorte de clinique. Mais je suis trop faible, mes jambes se dérobent sous moi. Je rampe jusqu'à mon lit. J'évalue la situation : une armoire en fer blanc, une table à roulettes, une chaise moche et design, un lavabo, une cuvette… La déco est simple, pas de quoi s'éterniser.

Ah, tiens ! On a eu la décence d'accrocher mon veston chic, payé à prix d'or pour faire le beau à la télé, dans l'armoire. Mon pantalon, chic lui aussi, est plié soigneusement sur la chaise design et mes chaussures alignées à ses pieds.

Un bruit soudain m'arrache à ma contemplation : une infirmière plutôt jolie et blonde entre et dépose, sans mot dire, un plateau sur la table. Elle soulève la cloche qui recouvre mon repas d'un air satisfait.

— Vous avez de la chance, aujourd'hui c'est suprême de poulet !

Je la regarde d'un air interdit. Elle me sourit en me glissant un « bon appétit ! » avant de m'enfermer de nouveau dans ma chambre.

Petit à petit, je regagne un peu de lucidité. Je me demande depuis combien d'heures je suis emprisonné ici. Aucune explication ne m'a été fournie.

Et Josette ? Comme elle doit s'inquiéter ! Nous avions prévu une dernière soirée romantique sur un bateau-mouche ! Elle va être tellement déçue. La pensée de Josette m'apaise un peu malgré tout. Bien sûr ! Elle va alerter les autorités, quelqu'un se mettra à ma recherche ! Il n'y a plus qu'à patienter, essayer de dormir. Quelle heure est-il ? Il y a bien une vieille pendule accrochée sur le mur sale, mais elle est arrêtée. Le chiffre 6 me nargue déjà depuis un quart d'heure. Si j'osais…

Évidemment, que j'ose ! J'ai à peine touché le cadran de mes doigts bardés de pansements que les aiguilles se remettent en route. Il y a quelque chose d'étrangement rassurant dans ce tic-tac qui fait avancer le temps. Bien sûr, la pendule n'est pas à l'heure, mais je pourrai au moins calculer le temps passé. J'ai froid. Je prends ma veste dans l'armoire. Je ne contrôle pas encore très bien mes gestes, mes doigts me font horriblement souffrir et j'ai du mal à l'enfiler. Dans ma lutte contre une manche, quelque chose s'échappe de la poche. Quelque chose de rose…

Le journal de Josette ! Ça tombe bien, je n'ai rien à lire !

Je ris tout seul de cette idiote réflexion.

Ce lien qui me lie à Josette me ravit. Partout présente tout au long de ma vie, Josette est la plus douce de mes addictions. Elle a toujours fait acte de présence, que ce soit sur mes murs ou dans mon lit. Josette est l'autre morceau de ma pomme. Je l'ai toujours aimée et l'aimerai toujours. Et pour justifier mon indiscrétion, je dis à haute voix en ouvrant son journal à la première page :
— Elle n'a aucun secret pour moi !

12. Journal intime de Josette Iscariau

Cher journal,

Bon d'accor, je sai pas écrire, mais ses pas grave passe que y'a rien que moi ou les flics qui vas lire ses lignes. Si j'écri c'est passe que s'il m'arrive quelque chose, y fo bien qu'y yait une trasse. C'est la première foi que je pars quelque par, mais comme je pars pas seule, j'ai pas totalemant confiance. Paris, c'est tout grand par rapport à St Etienne et je me sens un peu perdue.

Moi, Paris, j'ai toujours voulu y aller. Pas à cause de la Tour Eiffel, la Tour Eiffel je trouve ça moche, ça ressemble tro aux trucs qui servent à puisé le pétrole au Texas. Non, moi ce qui me fait rêvé, c'est les boutiques du faubourg saint-honoré, même que toute les stars américaines viennent y faire leur shopping. Carrément les mecs ils ferment la boutique et la star américaine elle achète tout ce qu'il y a dedans sans qu'on l'emmerde. On la voit après dans les magazines sortir avec ses lunette noires, des masse de paquets dans les bras. Quelque foi y a des chiens aussi, des chiens qu'on voi nul par ayeur. Avec des coupe de cheveu que moi même j'oserai pas.

Moi ça, ça m'a toujours fait rêver. J'ai toujours pensé qu'un jour pour moi aussi on fermerai les magasins! C'est ce qui me faisai tenir quand mon père rentrai bourré le soir et qu'il tapai sur ma mère. Quand il avai fini d étaler ma mère, c'était sur moi qu'il venai se soulagé. Il prenait son air gentil en me rotant à la figure, il s'allongeai sur mon lit, il me retournait sur le ventre et il me faisait ce qu'il faisait plus à ma mère depuis longtemps. Moi, pendant qu'il me faisait sa petite affaire, je regardai les images… Les belles foto des « Voici » et des « Gala » que la cousine de ma mère qui était coiffeuse lui refilai quand ils étaient trop usé. Du coup on avait toujours un temps de retard sur les histoires d'amours de « Machine » ou la grossesse de « Bidule ». Mais c'était pas grave, parce que pendant que mon père m'abimai, moi je me transformait en princesse. Je me voyai au bras des chanteurs et des stars de télés, et je leur piquai toutes leurs robes à ses salopes qui avait des pères normau. J'étais à Paris, et on fermait les magasins pour moi et je voyageais qu'en bateaux mouche.

Les journos, moi je les cachai sous mon lit. J'en avai toute une pile.

C'était mon trésor à moi, mon trésor cacher.

Un jour, je suis rentrer de l'école. J'étais toute fière passe que pour une foi j'avais eu une bonne note en math. J'avais telleman hâte d'annoncé ça à ma mère que j'avais couru tout le long de la rue, sans m'arrêté. Même que je courai telleman fort que ça me faisais tout drôle dans ma culotte. Apres j'ai su que c'était ça jouir. Je courais, je courais et c'était bon. Mais chez moi, y avait plus de chez moi, y' avait plus qu'une longue file de voiture de pompiers, mon père en pyjama sur le trottoir et ma mère qui rôtissai à l'inté-

rieur. Mon trésor avait servi de combustible, ça brûle bien les magazines quand on veut faire disparaître un corps. Mon père avait frapper un peu plus fort que d'habitude, il s'était surpasser sur la tête de ma mère et il avait allumer le brasier avec mon « voici » préféré, le spécial « Paris by night » où on voyé toute la famille de Brad Pitt sur les bateaux mouche.

Depui j'ai arrêté de lire… Et je suis devenue con…

Mon vieux, il est en tôle, il en a pour longtemps. Apres, pendant des mois, pendant des années, j'ai galèrer, j'ai piquer dans les super marchés pour bouffé, j'ai fait leur petite affaire à pas mal de bouffons…

J'ai essayé de mourir, mais je savais pas comment. Alors de toutes les façons de mourir j'ai choisi la pire : continuer à vivre…

Un jour, y'a pas longtan, j'ai rencontrer un type sympa. J'étais à la poste pour toucher mes allocs et lui il était là avec une pile d'enveloppe importante. Il s'appelle Blain, il est pas très beau, mais s'est pa grave, je pense aux « Voici » et aux « Gala » quand il me fait sa petite affaire dans son bureau. Et ça, ça aide !

Quand même c'est grasse à lui si j'ai un vrai bouleau. La poste, sa l'a inspirer ! Depuis, Il me paye pour poussé un charriau et filé le courrier à des gens pas très marrants. C'est là où j'ai rencontrer Jean Pratou. C'est pas le mauvais gars, mais il est bizarre. Au début il me fichais les jetons. On se foutait de sa gueule avec les copines du bureau. Surtout quand il m'a fait sa déclaration en plein milieu de la cantine, la honte! Il est telleman amoureu de moi qu'il voit pas que je me fout de sa gueule. Il me regarde avec ses yeux de veau mouillé, il me fai des ta de cados, alors jan profite un max. Avec Blain on a telleman rigoler quand je lui ai raconter que je l'avais dépucelé! Blain, il s'en fout. De toutes façons il est marié et il veut pas d'histoires, donc ça l'arrange que tout le monde croit que je suis avec Pratou. Moi, je prend ce qu'il y a à prendre. L'amour, connaît pas, ça existe que dans les « Voici ».

Vendredi: Jean y s'est mis à faire des trucs incroyables! Les gens dise qu'il a un don. On sai pa d'où sa vient, mais Il m'a refai la gueule en cinq minutes chrono! Juste en me tripotant! J'en ai fait profiter les copines, moyennant finances, mais lui il fait sa pour faire plaisire. Il est telleman con qu'il voit pas qu'il pourrait se faire masse de tunes avec sa. Mais t'inquiète, je m'en occupe. Dans le couple s'est moi le business Man. Maintenant tout le monde l'appelle Midas comme le gars qui transformai tout ce qu'il touchai en or. Comme il devait passer à la télé pour parlé de ces pouvoirs chelous, il m'a emmené à Paris pour un lon week end. C'est ma première fois, et c'est dingue comme tout est beau ici.

Jeudi: Midas a fait son show. Tu verrai le délire! Les gens l'adore, je sais pa ce qu'ils lui trouve avec ses gants ridicules et son expression de Jésus. Je voulais aller le retrouver dans sa loge après parce qu'au même show y avait Adeline de « Sans espoir ni lendemain », une série qu'on dirait qu'elle parle de ma vie, mais j'ai été arrêté dans le couloir par deux tipes assez distingué. Ils m'on demandé si je connaissai Midas et moi je leur ai dis bien sur, s'est mon fiancé. Ils m'ont dit qu'ils me trouvai très intéressente et qu'ils voulai m'interviouver. La célébrité apparemmant, ça déteint ! Je suis devenu une star moi aussi ! Ben oui ! Alors je suis allée dîné avec eux. De toutes façons Jean, il était telleman entourer qu'il se serai pa aperssu de mon absance. Les deux, ils m'ont emmené dans un Resto trop canon. J'ai pas osé prendre de pla passe que c'était très chaire et que j'avait pas envi de passé pour une morfale. Mais j'ai pris deux entrées. Il m'ont dit que j'avais une belle peau et ils s'y connaissent parce qu'ils sont les chefs d'un laboratoire de produits esthétiques. Les plus grosses marques, elles ont affaire à eux.

Les mecs c'est des hyper billionnaires.

Ils m'ont demandé si je voulais gagné beaucou d'argent. Moi j'ai dit, vous me prenez pour une pute ? j'ai un fiancé, comme vous le saver. Non, il ne s'agi pas de ça, qu'ils me disent. Alors moi, méfiante, je leur ai dit : je fais rien d'illégal ! On sait jamais, c'est peut-être des flics en civil.

Alors ils ont rigolé. Et ils m'on dit, « rassurez-vous, il ne s'agit que de choses extrêmement légales. Nous sommes des chercheurs. Nous œuvrons pour l'humanité ». Pour l'humanité ? Ça sa m'en a boucher un coin. Mais comme je comprenai toujours pa se qu'ils voulaient de moi, et que je commençai à être un peu pompette avec tout le champagne qu'ils m'on déverser dans le gosier, ils m'ont dit que je pourrai être « la pièce maîtresse dans une découverte qui allait changer le monde ». Moi ?

Tout ce que j'avais à faire, c'était leur amener Midas a un endroit précis, et ils s'occuperait du reste. Tout sa pour vingt mille euros ! Bingo !

Du blé qui tombe du ciel comme sa, ça arrive pas tous les jour. J'ai calculer, sa fait deux ans et demi de salaire chez Blain… Deux ans à être peinarde à faire ce que j'aime, c'est à dire rien. Mais je réfléchi deux secondes et je me dis qu'il faux toujours marchander. Surtout qu'ils ont l'air d'y tenir. Y en a un qui a carrément la bave au coin des lèvres que c'est dégueulasse. Je me demande ce qu'il lui veule au povre Midas…

Alors je leur dit que je vais réfléchir…

Vendredi : 17 h, rendez vous chez la mère Midas ! Il a absolumant tenu à ce que je rencontre cette vieille salope qui m'a traitée comme une pute. Lui, il m'a même pas défendue alors qu'il lui dois rien, vu qu'elle en a jamais rien eu à foutre de sa gueule. Il m'a demandé de partir l'enflure, il a joué contre moi ! Ce qu'elle sait pas sa « maman chérie » c'est qu'avant de partir je suis passée par sa chambre et que j'ai vidé sa boîte à bijoux dans mon sac ! Ça lui fera les pieds vu qu'elle s'est essuyé les siens de pieds sur ma gueule! J'étais furieuse contre son con de fils. C'est vrai, les mecs ils profite toujour de moi et en fait je conte pour du beurre. Personne ne prend ma défance. Alors je décide d'accepté le dile des tipes du labo. Mais pas pour vingt mille! Je leur en demande trente! Et ils acceptent!

Trente mille euro en échange d'un povre Midas de rien du tout! Moi j'en aurais pas donné dix pour sa peau! Et comme il me parle tout le temps du Louvre, je me dis que se sera l'endroit idéal pour l'entraîner et le filer aux mecs. Je me change et je vais direct à leur bureau pour prendre les deniers, ils veulent me donner un chèque, mais moi, on me l'a fait pas alors j'exige du liquide! Un petit détour par les boutiques du faubourg St Honoré (même s'ils les ferment pas pour moi, je me lâcherai bien quand même) et retour à l'hôtel pour piéger Midas ?...

Ce sont les derniers mots de ce journal.

Je referme le cahier rose et le replace d'un geste mécanique dans la poche de mon veston. La chose la plus étrange est que pendant ces quelques premières minutes, je n'arrive même pas à lui en vouloir. Et puis une rage vertigineuse s'empare de moi, un sentiment de haine intense. Je n'ai jamais éprouvé de haine, même face à mes pires moments, même face à l'abandon ou à la torture, même lorsque mes cousins jouaient à qui me ferait le plus de mal.

Je pleure en découvrant le côté sombre de cet être qui n'était pour moi que lumière, le détachement épouvantable avec lequel elle décrit son enfance, faite de viols et d'abus, de frustrations et d'ignorance.

Qu'elle ait trahi le seul être qui n'ait jamais voulu que son bien, qu'elle ait marchandé ma peau sans se soucier des conséquences, m'attriste bien moins que de connaître le mal qu'elle a subi. Il doit y avoir, bien caché au fond de ce Judas en jupette, un être pur et tendre qui s'ignore, mais la haine que j'éprouve en ce moment précis efface toute compassion. Malgré cette colère qui me brûle, je suis étonnamment touché par les efforts littéraires de Josette. Bien que pratiquement analphabète, elle cherche à faire des phrases, elle qui n'en a jamais prononcé une seule correctement.

Qui sait pourquoi elle a cru bon de se révéler ainsi sur le papier ? Pour laisser une « trasse », comme elle dit ? Son avidité, sa soif d'idéal et de reconnaissance l'ont rendue presque littéraire. Mais le mal est trop grand, je me fige dans la haine. Je renonce en une seconde à toute une vie d'amour.

Je sens en moi s'ériger une carapace glaciale qui enserre tout mon être. Je me place immédiatement au centre de ce donjon lugubre, prisonnier de moi-même autant que de cette prison blanche dans laquelle le seul amour de ma vie m'a fait enfermer.

13. Mozart et Salieri

Le temps, une nuit peut-être, passe ainsi sans que j'aie la moindre volonté d'agir contre ma condition. Je suis devenu un robot apathique dénué de toute sensation. Je suis réveillé de ma torpeur par l'entrée de deux hommes en blanc qui me conduisent le long d'un couloir immaculé. Au fond du couloir, une porte en verre dépoli sur laquelle est inscrit un logo en hologramme : Trans H. L'un des hommes pose sa main sur la porte qui s'esquive aussitôt. On me pousse dans un étrange laboratoire : des éprouvettes, du matériel ultrasophistiqué, des machines de vie… ou de mort. Sur les étagères, des bocaux renferment des choses, des créatures tristes, prises dans le formol.

Je reconnais immédiatement les yeux de l'homme qui s'avance vers moi. Cette fois, sa bouche aussi est visible. Il a l'air gêné de celui qui a de mauvaises nouvelles à annoncer. Moi, j'ai des tas de questions à lui poser. D'abord, je lui tends mes mains, je lui secoue à la figure mes phalanges emmaillotées. Il me regarde avec son petit air docte d'homme en blouse blanche : un petit air par en dessous qui me replace au rang du mauvais élève, ou de la victime.

— Vous m'avez raboté les doigts ?
— Disons que nous avons prélevé vos empreintes digitales, mais pas au sens policier du terme.

— C'est vrai… vous n'avez rien du policier…

L'homme se lève, fait trois pas et vient tout près de moi. Je sens les relents de son repas à peine cachés par un bonbon menthe.

— Je suis très embêté, et à la fois fasciné par votre cas. Je suis un homme de science, monsieur Pratou. Depuis mon plus jeune âge, j'ai voué ma vie à la recherche… Tout a une raison ou une solution dans l'univers, il suffit d'un peu de patience et de travail acharné, mais rien ne résiste à l'intelligence… À part vous… J'ai pourtant réuni une équipe internationale pour résoudre l'énigme que vous êtes. De lourds intérêts sont en jeu, nous ne sommes que la pointe de l'iceberg. Trans H appartient à un groupe médical puissant qui n'apprécie pas que vous lui voliez la vedette. Si les gens croient plus en vos pouvoirs qu'aux pouvoirs de nos chimiothérapies, de nos crèmes et de nos pilules, nous allons perdre une part de marché énorme. À moins que nous ne puissions exploiter ce qui fait de vous un être unique… Votre soudaine notoriété nous a forcés à précipiter une action que nous aurions aimée plus… scientifique. Vous devez vous douter de ce que nous recherchons… De ce que recherche la terre entière depuis la nuit des temps ? Mon cheval de bataille depuis toujours… La jeunesse éternelle. La jeunesse des cellules, l'abolition de leur décrépitude et de leurs métamorphoses anarchiques… Voyez-vous, ce qui m'agace le plus, c'est que depuis bientôt vingt ans que je m'escrime à trouver le gène miraculeux, la molécule indiscutable, je ne suis même pas arrivé au dixième du résultat qui vous a rendu célèbre.

Il a une drôle de petite grimace en disant ça, un tic nerveux qui lui redresse la moitié de la bouche et qui le fait ressembler à « l'Homme qui rit ».

Il fait très peur, cet homme de contrôle qui ne se contrôle plus. Alors j'essaye de le calmer, de temporiser pour qu'il m'explique ce qu'il veut faire de moi.

— Je ne suis pas du tout responsable de mon état, je ne pourrai rien vous apprendre de plus. Tout ce que je sais, c'est qu'un jour, je me suis réveillé avec ces mains-là, avec ce don incontrôlable et que c'est très récent. Je vous assure que je suis le premier à m'en étonner.
— L'injustice de tout cela ne vous saute pas à la figure ?
— Peut-être, mais je n'y peux rien.
— D'après nos analyses, votre formule sanguine est tout à fait normale, vos statistiques font de vous un homo sapiens ordinaire. Nous avons fait quelques petites expériences avec vos mains…

En disant cela, il a levé les siennes et je remarque que le pourtour de ses dix phalanges est entouré de points de suture. Il perçoit vite mon regard horrifié et m'adresse un petit sourire contrit.

— Oui… moi aussi j'ai servi de cobaye… Je vous ai un peu volé votre identité… Je croyais vous voler votre pouvoir… Mais…

Il prend dans une cage un vieux rat aveugle, et le brandit devant moi, le touchant à répétition de ses doigts balafrés. Dans un geste de rage, il balance la pauvre créature qui, malgré ses efforts, reste tout aussi vieille et tout aussi aveugle, dans une poubelle pour déchets médicaux. Il se penche de nouveau vers moi. J'entends les petits « couic couic » stridents que fait la pauvre bête qui essaye de s'extraire de sa prison nauséabonde.

— Vous voyez ? Rien !

Rien. Comme la pauvre petite chose que je suis dans les mains de ce fou, insignifiant comme ce rat de laboratoire qui se débat dans la poubelle. Je ne suis rien de plus que lui, un rat de laboratoire moi aussi.

L'homme me fait signe de repêcher mon compagnon d'infortune. Alors que, bravant mon dégoût, je plonge mes mains au milieu des pansements sales et des seringues usagées, je sens le contact de la bête, et presque aussitôt la sensation de chaleur familière qui accompagne toujours mes miracles.

Je ressors lentement un rat vif et frétillant de la poubelle. Sa nouvelle vigueur ne laisse pas de doute : avec ou sans empreintes digitales, mes mains sont toujours mes mains, mes miracles sont toujours mes miracles !

L'homme me considère un instant. Son regard est tout plissé, plein de haine.

— Vous avez par votre seule existence prouvé que mes vingt années de recherches sont vaines. Nous avons prélevé des morceaux de vous, cher monsieur Pratou, nous avons en notre possession l'organigramme cellulaire entier de votre corps, de chacun de vos organes. En joignant ces cellules comme un puzzle, nous pourrions reconstituer un microscopique Jean Pratou. Nous avons essayé d'isoler le gène qui, en mutant, vous a transformé en Midas, nous avons même cloné les cellules de vos mains dans l'espoir qu'une autre mutation se produirait… Mais force est de constater que ce gène n'existe pas… Vos cellules sont banales à en mourir. Et pourtant, vous avez de l'or dans les mains… Vous, ce que vous faites malgré vous, arrête la mort programmée des cellules, stoppe net la dure loi de la vie qui donne tout et reprend tout. Vous êtes le Mozart de la biorégénérescence et je dois bien me résigner à n'être qu'un vulgaire Salieri du transhumanisme. Encore une terrible manifestation de l'injustice qui règne sur cette terre ! Car Mozart n'était pas plus responsable de son génie créateur que vous ne l'êtes de votre génie « recréateur »… Mais la justice est une notion que je ne reconnais plus, elle est aussi absente de l'univers que le gène que je me tue à découvrir depuis si longtemps… Quand je pense à toutes ces années d'abnégation, de solitude et de découragement ! Mais qui ou quoi, me direz-vous, a fait de vous l'égal de Dieu ? Qui a fait de vous un Mozart et de moi un Salieri ? Ni vous ni moi n'avons la réponse… Savez-vous seulement ce que font les Salieris des Mozarts ?

Si je suis transi de peur, si je sais que ma dernière heure est arrivée, c'est qu'il a dit tout cela très vite, comme le flot ininterrompu de quelque chose qui abonde, qui déborde et qui dépasse. Il a dit tout cela les yeux presque fermés, les poings serrés le long de sa blouse trop blanche, il a dit cela comme un prêtre, comme dépassé par la foi qu'il n'a pas, qu'il n'a plus. Je suis ce qu'il exècre, je suis ce qu'il jalouse, qu'il condamne, qu'il mutile et qu'il anéantit. Je suis celui qui ne doit plus avoir la parole, celui dont il a acheté la carcasse, pour trois sous, à une mauvaise fille.

Ô Josette ! Amour de ma vie. Je sais à présent ce que je te dois… et malgré tout, en cette seconde de terreur, c'est ton visage que je vois, c'est la pensée que je ne croquerai plus tes lèvres qui me torture. Ta trahison m'a ôté tout instinct de résistance, tout instinct de vie.

Comme le rat qui s'est calfeutré dans un coin de sa cage, je ne me débats plus, je reste silencieux devant la menace, résigné, presque.

L'homme farfouille dans un coin du laboratoire. Il pose, d'un geste brusque, deux objets sur le bureau.

— Puisque vos mains ne me servent à rien, et qu'elles risquent fort de me desservir, il n'y a aucune raison pour que je vous les laisse…

Ce sont deux prothèses roses, deux mains en silicone parfaitement manucurées.

Il les a posées comme les mains d'un pianiste sur un clavier. Elles m'attendent pour attaquer le concerto, roses et diaphanes, immobiles, le temps d'une pause orchestrée par un fou.

Je n'entends plus rien, comme si le volume avait été subitement baissé dans ma tête. Je suis mesmérisé par les deux pieuvres roses posées sur le bureau. Et puis le son revient, brusquement insupportable. Des cliquetis d'outils chirurgicaux qu'on rassemble, des sons électroniques de machines qu'on branche…

Il va opérer seul ? Sans infirmières, sans témoins ? Je ne suis plus qu'un pantin docile qu'on allonge sur une table d'opération et qui attend sans broncher l'issue fatale. Et puis, tout à coup, quelque chose, un instinct étrange, un paramètre idiot, me fait réagir. Je me dis que si je dois mourir, autant que je meure entier. Alors, je le laisse regrouper les instruments qu'il compte utiliser pour me scier les mains, j'attends qu'il s'avance vers moi, la seringue brandie pour m'anesthésier, et je concentre le peu de forces qui me restent pour lui asséner de mes deux pieds un coup qui le fait tomber à la renverse.

Je profite de sa stupeur pour sauter de la table et me saisir de sa gorge. Sous mes doigts sanglants, pas encore cicatrisés, je le vois convulser sous l'effet de mon pouvoir. Un grand feu se propage dans tout mon être alors que, peu à peu, les traits du fou se métamorphosent. Je suis troublé un instant par le beau jeune homme qui apparaît sous mes doigts. Il y a quelque chose d'étrangement sexuel dans cette confrontation. Je passe de la victime au bourreau. Je suis transporté par cette omnipotence orgasmique que je ne m'explique pas. L'homme a perdu son regard obsessionnel, il a l'œil vif et cruel et l'agilité d'un chat. Il profite de mon trouble pour se lever d'un bond. Il essaye de me frapper, il est beaucoup plus fort que moi. Mais mes mains ne m'appartiennent plus. Elles ont une vie à elles toutes seules, ce sont des mains pensantes, des animaux indépendants de ma volonté. Elles attrapent, de nouveau, le docteur. Elles touchent ainsi chaque partie de son corps, dix fois de suite. J'observe avec émerveillement son chemin à l'envers. Il a vingt ans, dix ans…

Elles le touchent encore, malgré l'incendie qui me dévore. À cinq ans, toute trace de corruption et d'amertume a quitté son regard. À quatre ans, c'est un angelot qui me fait face. Elles le touchent encore, trois, deux, un…

Mes mains sont devenues folles, elles font seules l'ouvrage de l'indicible. Lorsque j'arrive enfin à les contrôler, je m'aperçois qu'elles ne contiennent plus qu'un fœtus au cœur battant. Ses yeux sans pupilles ont perdu toute humanité et pourtant je perçois encore dans cet animal étrange des relents d'antagonisme. Même réduit à sa plus simple expression, l'homme lutte encore. Je le dépose avec un « ploc » lugubre dans une des bouteilles de formol placées sur les étagères du laboratoire.

L'homme, qui n'est plus qu'un fœtus, partage à présent la résidence d'un agneau à deux têtes. Dans la vitre qui sépare le bloc opératoire du labo, je constate avec horreur ce que je suis devenu : un vieil assassin. Cette dernière petite manifestation de mon pouvoir m'a encore volé quelques années. Mes cheveux ont blanchi, mes yeux ne sont plus que des valises et je suis aussi voûté qu'un Quasimodo.

Un flot de tristesse et de dégoût m'envahit. Une pensée jamais évoquée… Pour la première fois, je me rends compte que le vieil homme que je suis devenu ne pourra pas se reproduire. Je ne me suis jamais envisagé sans descendance. Il m'a toujours semblé que mon rôle ici-bas aurait été de contrebalancer les effets nocifs de ma mère, l'abandon de mon père. Il fallait réparer cette faute, créer l'enfant issu de l'amour, porté et éduqué avec amour, lui donner la chance d'être un Einstein ou un Yehudi Menuhin, qui sait, un Jésus peut-être. Cela aurait été ma contribution au monde avant que le hasard ne fasse de moi un monstre. Tout cela m'est désormais interdit. Ma semence doit être aussi pauvre que les quelques cheveux qui couvrent encore mon scalp flétri. Inutile de me lamenter, je n'ai pas le temps de m'apitoyer sur mon triste sort. Il faut que je sorte d'ici avant que les infirmiers reviennent.

Petit récapitulatif de la situation : je suis à moitié nu, mon téléphone et mon portefeuille ont été confisqués. Je regarde autour de moi. Le fœtus a laissé sa veste sur le dossier de la chaise : dedans, un portefeuille, un téléphone dernier cri. Je m'en saisis en vitesse. La blouse blanche du fœtus traîne par terre… Je sais ce qu'il me reste à faire. Je l'ai vu faire mille fois dans les films policiers que j'affectionne : l'homme recherché se fait passer pour un docteur et, ni vu ni connu, s'évade de l'hôpital. J'enfile la blouse. L'habit fait le moine, me donne une contenance, malgré l'extrême fatigue qui ralentit mes mouvements.

J'ouvre la porte du laboratoire. La voie est libre, le couloir désert. Je remarque un accès au loin, qui donne sur de la clarté. Toujours personne.

On a dû leur dire de prendre une pause, le temps qu'on me coupe les mains !

La porte donne sur une terrasse. J'évite de justesse le regard de deux infirmières qui y déjeunent. Je rebrousse chemin. Où est la sortie ? Toutes ces maudites portes se ressemblent !

Je remarque alors une porte fermée par une barre, que je pousse. Elle donne sur un escalier de service. Je m'y engage, le souffle court, la peur au ventre. Un étage, pas d'issue.

Mon cœur va exploser, j'halète comme une bête. Je revois les yeux sans pupilles de mon bourreau/fœtus. Je chancelle…

L'effet des drogues qu'il m'a administrées sans doute. J'entends des bruits de voix qui semblent provenir de l'étage inférieur. Je descends, une à une, les marches qui s'enfoncent sous mes pieds. L'impression d'être dans un cauchemar de Hitchcock… Une porte, sur le côté, à peine visible. Les voix se font plus claires. Des voix d'hommes qui commentent leurs prouesses sexuelles auprès d'une certaine Charlotte. Peu à peu, les voix s'éloignent. J'attends encore un instant, comme une bête tapie qui cherche à se confondre dans son environnement, jusqu'à ce que les chasseurs se lassent.

Plus rien.

J'entrouvre la porte… Le couloir est vide, et au bout, ma délivrance.

Je respire un grand coup et me donne une contenance, prenant l'air assuré d'un chef de clinique. Je dépasse d'un pas presque alerte la guérite du surveillant. Sans quitter des yeux son mini écran de télévision, il me salue d'un geste de la main.

Je suis libre.

14. Rédemption

Pendant quelques heures, j'erre dans les rues de Paris, sans dessein autre que de survivre. J'ai tué un homme en le plongeant dans du formol. J'ai tué pour ne pas être tué. Je suis une bête comme les autres. Jamais je ne m'en serais senti capable, moi qui préservais la vie du moindre insecte. Je suis passé de l'autre côté de la morale et je ne sais comment vivre avec cette idée.

Mes pas me conduisent, sans que je le sache, à l'hôtel. C'est idiot : c'est probablement le premier endroit où l'on viendra me chercher, à présent que je suis un homme à abattre. Je cache mes doigts bandés pour essayer de passer inaperçu, mais lorsque je demande ma clé à l'accueil, le concierge ne me reconnaît pas. Bien sûr. En deux jours, j'ai âgé de dix ans. Comment pourrait-il me reconnaître ? Comment lui raconter l'histoire rocambolesque qui vient de m'arriver ? Découragé, je me pose un instant sur la banquette du hall. Devant mes yeux hagards, les ascenseurs s'ouvrent et se referment, vomissant leurs cargaisons d'hôtes et de bagages. Un flash de couleur rose attire mon regard. L'ascenseur vient de s'ouvrir sur le dos d'une robe que je connais bien. Je me lève d'un bond.

Josette est en train de lutter contre une énorme valise qu'elle a peine à sortir de l'ascenseur. Je me rue vers elle avant qu'elle n'y parvienne. Je la repousse de toutes mes forces dans l'ascenseur et appuie sur le bouton du cinquième étage. Elle n'a même pas eu le temps de voir qui était son assaillant. Elle a poussé un « ça va pas, non ? » en allant s'écraser contre la paroi de l'ascenseur, déjà en marche. Elle se retourne en râlant. Elle non plus ne me reconnaît pas tout de suite, et puis, petit à petit, ses yeux se plissent, sa bouche se tord en une expression de terreur. Elle se plaque encore plus contre la paroi.

Le « ding » de l'ascenseur retentit. Je me saisis des clés qu'elle a encore dans la main. La seule force de mon regard la pousse à sortir de l'ascenseur à reculons. Je tire derrière moi sa valise remplie des fanfreluches que je lui ai offertes au prix de ma vie. Mon pas déterminé la conduit jusque dans notre chambre. Je ferme la porte derrière nous. Aucun mot, aucun geste n'a été échangé. L'émotion est trop forte.

Elle s'écroule sur le lit en sanglotant. J'essaye de retrouver en moi la haine et la déception. Mais devant ses larmes, un nouveau sentiment de compassion m'envahit. J'écoute ses flots de paroles toutes interrompues de sanglots.

— Me fais pas de mal… Je voulais pas, mais ils m'ont dit que c'était pour le bien de l'humanité… Que tout le monde y trouverait son compte, même toi... De toute façon, c'est pas comme si on était mariés, hein, fallait bien que ça finisse, puisque je t'aime pas... T'as eu ce que tu voulais, t'en as bien profité, toi aussi... Si je l'ai fait c'est pour les sous, pas parce que je te trouve antipathique... ils m'en ont donné plein... moi, j'en ai marre d'être pauvre... Tu sais pas ce que c'est... Tu sais pas ce que j'ai vécu... tout ce qu'on m'a fait... Je vois pas pourquoi j'y aurais pas droit moi aussi à des choses belles, à des choses douces... Ces sous, ils vont servir à ça, à me faire une autre vie... À pas dépendre des mecs qui en veulent qu'à mon cul... Je suis peut-être toute pourrie, mais le monde, il est encore plus pourri que moi... C'est le monde qui m'a appris à être pourrie... C'est le monde qui m'a volé tout ce que j'avais... Moi, avant, quand j'étais petite, je croyais que tout était joli, que les gens qui sont censés vous aimer sont pas là pour vous salir... J'étais propre, moi, avant... Y a quelque chose de foutu, de cassé qui peut plus se réparer... Mais je suis pas plus con qu'une autre, je dois bien être faite pour quelque chose... je trouverai bien...

C'est là que naît en moi l'idée de l'acte d'amour qui éclipserait tous les autres. C'est à ce moment précis que je comprends pourquoi on m'a donné ce don et pourquoi cette femme qui ne m'aime pas, cette femme ridicule, inculte, vulgaire et veule, est la femme de ma vie.

Je m'approche d'elle lentement. Elle hurle de terreur. Elle protège son visage de ses bras.

— Me fais pas de mal ! Je serai gentille avec toi, tu pourras me faire tout ce que tu veux…

Je tends mes mains vers elle. Elle se recroqueville contre la tête de lit. Ses cris se sont transformés en râles intermittents.

— Me tue pas… me tue pas… me tue pas…

Je m'allonge à ses côtés. Pour la première fois depuis que je la connais, j'autorise mes mains nues à caresser son corps. Je la parcours des pieds à la tête. Je perçois, pour la première fois, la douceur de sa peau. Combien de fois ai-je imaginé la sensation satinée et veloutée que cette peau me procurerait ?

Sa douceur éclipse tout ce que j'avais imaginé. Lorsque la chaleur caractéristique s'échappe de mes mains, que les frissons électriques qui accompagnent chacune de mes interventions m'envahissent, ils sont mêlés d'une extase à nulle autre pareille.

Je la caresse encore et encore, du bout des doigts, par intermittence. Je lui rends ce que le monde et les hommes lui ont pris : l'innocence de ses quatorze ans. Je suspends mes caresses juste à temps, au moment même où son regard reprend confiance, où les marques de sa turpitude et de sa cruauté disparaissent, où elle retrouve l'intacte beauté d'une adolescence volée.

Cette Josette-là, celle qui vient de renaître sous mes caresses, n'a jamais été salie par son père, elle n'a jamais vendu ni son âme ni son corps, elle n'a jamais trahi l'homme qui l'aimait. Elle est pure et blanche comme neige. Toute trace de corruption, de mensonge et de malheur a disparu de cette enfant, laissant place à la confiance et à l'espoir.

Elle m'adresse un regard candide et interrogatif. Ses lèvres roses se tendent peu à peu jusqu'à sourire. Comment décrire cet incroyable sourire ? Aucun qualificatif ne peut lui faire honneur. Il inclut tous les sentiments dignes et beaux jamais éprouvés par l'homme. Il a la puissance d'une tornade et la douceur d'un sirocco. Josette a compris instinctivement que je suis son ange rédempteur.

Je la laisse étendue sur le lit comme une vestale. Je ne me retourne pas pour lui dire adieu. Je pars en silence. Comme on quitte un temple. Je marche. Je marche toute la nuit. Quelle drôle d'Odyssée dans ce Paris qui me roule comme un caillou dans ses rues et ruelles !

Quand paraît « l'aube aux doigts de rose », je me dis qu'elle a les mains sales. Tout le jour, je marche encore, libre, sans autres entraves que celles de ma conscience. J'ai perdu Josette, je n'ai plus rien à perdre. Je suis les passants. Je me fais une idée de leur histoire. Je passe de l'un à l'autre, reconstituant dans ma tête le puzzle de leur vie. Je leur vole des indices : les yeux un peu trop cernés de cette amoureuse rousse, le tic nerveux de cet homme d'affaires qui rajuste un petit peu trop souvent sa cravate, la voix criarde de cette femme qui se plaint à sa voisine… Je les suis quelquefois jusque chez eux et puis je recommence avec un autre passant qui me mène vers d'autres rues, d'autres vies. J'arrange au passage les grilles cassées, les lampadaires défoncés, je rénove la peinture des voitures sauvagement rayées par les gens qui se garent. En suivant une jeune amoureuse, toute mignonne dans sa robe qui vole au vent de la Seine, je pose ma main sur le garde-fou du Pont-Neuf, qui, grâce à moi, porte dorénavant mieux son nom.

Comme une fuite en avant, pauvre inconscient, je sème un peu de ma vie sur les trottoirs de la ville. Je n'ai plus rien à faire de cette vie qui m'a privé du seul être qui aurait pu me donner l'envie de vivre.

Je m'aperçois vite que ma brusque notoriété m'empêche de me déplacer dans les lieux trop publics. La presse sait que je vieillis. Je tombe sur la devanture d'un kiosque à journaux qui étale des photos de moi avant/après. Où ont-ils trouvé cette photo de jeune homme ? Celle du moi d'avant Midas ? Je soupçonne Blain d'avoir vendu les informations, celle-là et d'autres. Tant mieux pour lui ! Il va enfin pouvoir s'offrir une aile à son pavillon ! Et moi qui croyais que mon vieillissement accéléré me protégerait des téléspectateurs ! Je les vois hésiter, mais après quelques secondes, ils me reconnaissent. Ils m'arrêtent dans la rue, les yeux brillants. Ils veulent être touchés par leur nouveau gourou. Ils me racontent leurs histoires de fraternité, me disent que j'ai changé leur vie à jamais. Certains se sont dépouillés des objets inutiles qui polluaient leur vie. Certains pratiquent le troc avec leurs amis pour ne plus consommer exagérément. Ils se sentent enfin libres. Seul paradoxe : la nouvelle joie de vivre qu'ils éprouvent leur crée d'autres besoins, notamment celui de vivre plus longtemps.

Très vite, des attroupements se forment. Ils veulent tous une année, deux années, dix années de moins dans leur corps, dix années de plus sur cette Terre qu'ils ont promis de sauver. Mais ils m'épuisent, je ne peux toucher tout le monde. Je n'ai plus la force de ce long suicide. Alors, ils m'en veulent de leur refuser ce dont ils ont tant soif, ils passent de l'amour à la haine en quelques instants. Ils me poursuivent de leurs exigences. Après tout, je leur appartiens ! Je suis entré dans leur salon et dans leur vie par le truchement d'un appareil qu'ils ont acheté à crédit et qui mourra comme les autres après cinq ans.

Je m'enfuis, je me cache. Je cherche à me rapprocher du ciel, peut-être pour m'y perdre à jamais. Je monte, je monte, et me retrouve à Montmartre, au paradis de la Ville Lumière.

Je cherche, sans chercher, un antre, un lieu de repos où je pourrai me tapir pour une heure, deux heures, qui sait ? Le temps a encore fait son travail élastique.

Ai-je faim ? Ai-je soif ? Ai-je mal ? Mes sens ne répondent plus et je ne réponds plus d'eux.

Un bar rouge et or me semble invitant, alors j'entre. Accoudée au zinc, une femme brune vêtue de cuir boit une bière, le regard bordé de noir perdu dans le vide. La salle est à moitié pleine de consommateurs bruyants, mais elle est seule au monde, clouée à ce zinc qui la maintient comme un aimant. Je m'assieds à côté d'elle. Son silence m'apaise. Elle ne me posera pas de questions. Je suis redevenu invisible et l'invisibilité est un cadeau que je connais bien. Je suis du regard les mouvements de la chope que la femme porte à ses lèvres, la bière fraîche qui pétille…

Je ressens une irrésistible envie de boire ce qu'elle boit, de sentir les mêmes bulles crépiter dans ma gorge. La femme fait signe au patron. Elle lève deux doigts. Il répond à son geste en désignant une de ces pendules industrielles à la mode qui ornent les murs des bars de Paris. La femme soupire, change les deux doigts qu'elle tenait encore levés en un seul, obscène. Elle boit le reste de sa bière, saute de son tabouret, et marche d'un pas nonchalant vers une toute petite scène érigée dans un coin de la salle. Le patron pose une bière fraîche devant moi. Je la vide d'un coup. Jamais breuvage ne m'a paru aussi délicieux. Je remercie d'un signe de la main la femme, pour ce désir qu'elle a exaucé, sans paroles. Mais elle est occupée à autre chose que de faire attention à moi. Elle met en marche un ampli, attrape sa guitare et joue un accord. Elle parle dans le micro sans grande conviction…

— Re-bonsoir ! Pour ceux qui viennent d'arriver, je suis Mona la Brune ! Je vais encore vous emmerder pendant deux ou trois chansons. Après je vous fous la paix, c'est promis, vous pourrez picoler et vous faire du pied sous la table et vous dire toutes les conneries qu'on se dit dans ce genre de situation. Allez ! Celle-là s'appelle « love lost » et c'est probablement ce qui va vous arriver ce soir…

Je suis surpris de son apparente désinvolture et de l'indifférence générale qui semble accueillir ses propos. La femme a commencé à chanter, une complainte rock, désespérée, perdue dans le brouhaha des conversations et les bruits de fourchettes.

Je suis le seul à écouter ce qu'elle chante.

— Tu m'offres des fleurs de givre
Pour qu'elles fondent dans mes doigts
Tes coups de reins m'enivrent
Jusqu'à la gueule de bois…

Le regard de Mona croise le mien. Un instant désarçonnée par ce vieil homme qui se montre si avide du désespoir qui nourrit chacune de ses notes, elle poursuit sa complainte.

Elle ne chante plus que pour moi, avec intensité, avec ferveur.

— On est pareils, on est les mêmes
Et pour la vie et pour le reste
Comment veux-tu que toi je t'aime
Alors que moi je me déteste.

Mona prend confiance, soutenue par l'émotion qu'elle provoque en moi. Elle se perd entièrement dans l'interprétation de sa chanson, sa voix se fait plus ample, envoûtante, importante. J'ai l'impression d'être le seul à assister à ce moment de grâce triste, ce moment de pure beauté. Autour de moi, on mange, on boit, on raconte des fadaises, on ne se rend pas compte de ce qui est en train de se produire sur cette scène, dans cette voix, dans ce regard.

— Sur la route de l'oubli
J'ai fait mes derniers pas
Je ne sais même plus qui je suis
Et si la route est encore là.
Love lost
Je cherche ton cœur
Aux objets trouvés
Love lost

Parfois j'ai peur
Qu'on l'ait retrouvé
Je ne demande rien
Oui, je prends tous les torts
Love lost
Je suis le seul gardien
De ce triste trésor.

La chanson s'est terminée, sur un accord hasardeux, dans la même indifférence, sans le moindre applaudissement. Mona observe un long moment la salle qui ne l'a pas accueillie, soupire devant l'inutilité de ses efforts. Elle tend le micro vers l'enceinte, provoquant un long larsen. Les clients s'arrêtent net, embêtés, leur verre à la main. Tout le monde la regarde enfin. Elle salue.

— Merci !

Elle débranche sa guitare et quitte la scène, poursuivie par le barman qui court à sa rencontre, furieux.

— Putain, Mona ! Tu fais chier !
— Moi aussi je t'aime.
— T'as encore un set !
— Non ! Va te faire foutre !

Le barman essaye de l'entraîner par le bras, vers la scène qu'elle a abandonnée et qui l'a abandonnée… Mona riposte en lui balançant un coup de pied, auquel il répond par une claque.

Je tente d'intervenir car personne d'autre ne le fait et que tout à coup il m'est insupportable d'assister à la moindre injustice de plus. Elle lève un bras pour me faire signe que tout cela est inutile, qu'elle a déjà renoncé à compter pour quelqu'un ou quelque chose, et se sauve en courant, en oubliant sa guitare. Je la saisis et la suis. Je me sens redevable de son malheur. Elle sait très bien que je suis là, mais ne se retourne pas. Je sens, néanmoins, que ses pas ralentissent alors qu'elle gravit la rue de la butte. Elle parle toute seule ou peut-être que non, peut-être que c'est pour moi qu'elle parle.

— Je sais même pas pourquoi j'essaye encore. Ça m'est bien égal d'être une oubliée. J'ai bouffé du caviar avec Mick Jagger, eh ben maintenant je bouffe des nouilles avec l'accordéoniste de la place du Tertre !

Elle s'est arrêtée, elle s'est appuyée à un réverbère, elle a allumé une cigarette et s'amuse à envoyer la fumée dans le rai de lumière. Je ne sais quel est mon rôle dans cette étrange poursuite, je ne sais si j'ai le droit d'écouter à sa porte, alors je m'adosse à une porte cochère.

Une fourgonnette se gare à notre niveau. Le conducteur court ouvrir le hayon. En sort une colonie interminable de Pakistanais. Ils portent des bouquets de roses et sautent un à un de l'arrière de la fourgonnette. Je souris devant le comique de la situation. Mona ne sourit pas. Elle continue à fumer en observant les Pakistanais qui remontent la rue, en file indienne.

— Une file indienne de Pakistanais…

Je l'ai dit tout haut et ça me fait rire.

— En même temps, c'est normal !

Mona se retourne vers moi et m'adresse la parole pour la première fois.

— De toute façon, j'aime pas le caviar !

Elle me dévisage un instant.

— J't'inviterais bien chez moi, mais chez moi, c'est plus un palace…

Je lui tends sa guitare, qui est devenue toute neuve sous mes mains. Elle ne s'en aperçoit même pas. Elle s'en saisit et poursuit sa route. Je la laisse partir. On ne peut pas sauver tout le monde. Je poursuis mon errance de bar en bar, m'accordant une ivresse nécessaire.

Quelques touristes en terrasse me font signe. Apparemment, une vidéo tirée de l'émission est devenue virale et a fait de moi une idole internationale. C'est bien ma veine, je suis connu dans le monde entier. On m'idolâtre, on me déteste.

Je divise le monde, ce monde dépourvu de sens, bafoué et trahi par les fausses promesses et les terreurs infligées par ses religions et ses dogmes.

Il y a ces « Midassiens » qui veulent m'investir d'un rôle messianique que je ne veux plus, que je ne peux plus endosser. Et il y a ceux qui veulent m'anéantir, ceux qui aiment que tout soit comme avant, ceux qui n'aiment pas que les grains de sable enrayent les mécaniques bien huilées de leur petit système.

Assez ! Je n'aspire qu'à un peu de paix ! Laissez-moi fuir cette vie qui m'échappe, laissez-moi redevenir invisible ! Je me réfugie dans une impasse, à deux pas du dernier rade. Je suis un animal traqué et la meute se rapproche. Mon souffle n'est plus qu'un râle qui résonne entre les murs tordus et les trottoirs qui s'enfoncent. Peu à peu, je me ressaisis, je prends possession de ma nouvelle cachette.

L'impasse Marie Blanche est un lieu étrange, oublié du reste de la ville… Je poursuis l'allée pavée qui aboutit à une curieuse maison gothique. Je lis sur une plaque qu'elle a été construite en mille huit cent trente-cinq par le comte de l'Escalopier qui y avait autrefois installé les plus belles serres du monde, ainsi qu'une immense bibliothèque. Un tel lieu ne peut être qu'un refuge idéal, mon refuge idéal. Une porte qui donne sur le jardin est restée entrouverte. Je m'y faufile. Je suis enfin hors du temps. Je m'endors sous les tourelles étranges, protégé par les gargouilles qui entourent la façade. Je fais un rêve. Je suis dans un amphithéâtre.

Un homme aux yeux pervenche et aux cheveux blancs dessine une équation sur un tableau géant. Il se retourne et s'adresse à moi. Il a un drôle d'accent. Il me demande de résoudre l'équation… Je fais appel à mes talents mathématiques. L'homme m'encourage.

Je jongle avec les chiffres et les inconnues qui m'échappent et se métamorphosent de manière facétieuse à chaque fois que je les résous. Le tableau noir est devenu une immense mer Morte dans laquelle je sombre. Mais l'homme aux yeux pervenche est aux commandes du « Radeau de la Méduse » que j'ai copié vingt fois au Louvre. Alors que je me noie, il me hisse à bord parmi les fous et les cannibales empilés.

Je suis sauvé des flots obscurs, mais en grand danger d'être mangé. Je ressens pourtant immédiatement une paix intérieure, une sensation de sérénité telle, que je me réveille un sourire aux lèvres.

Je ne suis pas seul à partager cette liesse. Un chien roux s'est allongé à mes côtés. J'ouvre les yeux sur ses deux billes noires fondues de tendresse. Je pense aussitôt à Robert qui doit se demander où je suis, ou plutôt où sont ses croquettes. Sur le téléphone volé au fœtus, je compose le numéro de Blain. Sa voix désagréable me répond au bout de cinq sonneries.

— Oui, quoi ?
— Monsieur Blain, c'est Pratou.
— Pratou ! Mais qu'est-ce que vous foutez ? Où êtes-vous ? Tout le monde vous cherche !
— Qui tout le monde ?
— Vous rigolez, Pratou ? Ça fait une semaine que Gounaud SARL est pris d'assaut ! Un vrai défilé ! Des flics, des hommes politiques ! Tout, je vous dis ! Les représentants du syndicat des antiquaires veulent vous faire signer un contrat de non-intervention sur tous les objets et tableaux datant de plus de dix ans, le syndicat des chirurgiens esthétiques veut vous attaquer pour usage illégal de la médecine. Depuis deux jours, les trains déversent des centaines de pèlerins qui viennent nous emmerder parce qu'ils veulent toucher le bureau du grand Maître Midas ! Les hôtels de Saint-Étienne sont pleins grâce à vous. D'ailleurs, le maire en personne est venu trois fois me demander si je savais où vous joindre parce qu'il veut vous faire citoyen honoraire et vous remettre les clés de la ville ! Je ne sais pas ce que vous avez fait, Pratou, mais y a deux types du gouvernement qui sont venus me poser des tas de questions sur vous, la DGSE a mis tous nos téléphones sur écoute et il y a deux snipers postés sur la terrasse ! Je ne sais pas comment vous vous

y êtes pris, mais vous êtes devenu à la fois l'ami public et l'ennemi public numéro un !

— Blain, j'ai besoin de parler à Sehtou. Il est dans le coin ?

— Pratou, je vous préviens, si vous avez fait quelque chose d'illégal, malgré toute l'amitié que j'ai pour vous, je ne pourrai pas vous garder dans la maison.

— Oui, oui, monsieur Blain, ne vous en faites pas, de toute façon je démissionne. Mais je vous en prie, passez-moi Sehtou.

J'entends un gros soupir à l'autre bout du téléphone, puis la voix de Blain qui se fait toute mielleuse.

— Avant de partir, euh… Je souffre un peu de calvitie… Ça marche aussi sur les cheveux, votre truc ?

— Blain, je sais pour vous et Josette…

Un autre gros silence. Puis…

— Je vais vous chercher Sehtou.

Quelques sons étouffés, quelques moments de vide… M'a-t-il suspendu ? Trahi ? Abandonné ?

— Allô ? Mon ami Jean ?

La voix de Sehtou est une coulée de miel dans mes oreilles.

— C'est toi, mon ami Jean ?
— Oui, Sehtou, c'est moi. Écoute bien ce que je vais te dire, je n'ai pas beaucoup de temps. J'ai besoin que tu ailles chez moi, que tu t'occupes de mon chat Robert. Regarde dans le tiroir de mon bureau, il y a un double de ma clé. Tu trouveras tout ce qu'il faut pour le nourrir dans le placard de la cuisine.
— Tu parles comme si le danger était là, comme si tu n'allais jamais revenir.
— Je vais revenir, mais pas tout de suite.
— Tu as la voix fatiguée. La voix d'un vieil homme. Tu es malade mon ami ?

Je souris de toutes mes rides.

— J'ai cent ans.
— Prends du ginseng et de la papaye verte.
— Tu ne m'as pas vu depuis si longtemps. Tu ne sais pas ce que le « Jugaad » a fait de moi… Le prix de la magie… J'ai mal partout, j'ai des trous de mémoire et je me fais peur à chaque fois que je me regarde dans le miroir. Je me demande qui est ce vieillard qui me regarde en faisant la grimace. Je commence à comprendre pourquoi tous ces gens ont peur des choses qui vieillissent, pourquoi ils s'intéressent autant à moi, pourquoi ils m'idolâtrent comme un gourou…
— Fais attention, Jean, les hommes adorent ce qui leur échappe… et puis presque aussitôt le détestent.

— Je sais, mon ami. Mon seul ami… Nous nous reverrons bientôt. J'ai juste une petite chose à régler. Je serai de retour d'ici quelques jours. Profite de mon appartement, fais comme chez toi.
— Je prendrai grand soin du chat Robert.
— Et il prendra soin de toi.

Je raccroche avec une sensation de vide au creux du ventre, mais j'ai la certitude de l'enjeu de mon prochain combat.

15. Colmar Honeyfield

Une porte blanche sans aucune égratignure. Sur la porte, une plaque de cuivre polie gravée d'un mot : « Honeyfield Manor. » C'est le résultat de ma quête, le chemin d'accès vers mon Graal personnel, celui que je cherche inconsciemment depuis mon enfance. L'enquête a été brève et rapidement fructueuse : un nom chuchoté comme un aveu par ma mère, une recherche sur Internet et deux ou trois coups de fil.

Je découvre la notoriété prodigieuse de mon père, j'éprouve une réelle fierté en découvrant qu'il est l'un des plus grands oncologues d'Europe, que ses travaux ont fait faire des pas de géant aux « pourfendeurs de crabe », que la cure universelle contre le rongeur d'humanité est presque entre ses mains… J'obtiens de vagues renseignements sur son statut familial, son lieu de résidence, et me voilà en route. J'ai hâte d'entendre la voix de Papa. Mon anglais hésitant ne m'a donné accès qu'à une brève conversation avec Lady Honeyfield, qui a eu l'air très surprise de m'entendre. Si j'ai bien compris, elle a épousé mon père il y a quarante-deux ans et ils vivent dans un manoir situé à Scarborough, dans le Yorkshire. Je lui révèle mon nom, lui explique vaguement le pourquoi de mon appel.

— Jean Pratou ? The Jean Pratou ?

— Yes…
— Midas Gray? I heard about you… How absolutely amazing!
— Yes…possible talk to Lord Honeyfield?
— Come and stay with us. Venez nous visiter. Venez ce week-end.

Dans l'Eurostar qui me mène à Londres, je m'émerveille de me savoir sous la mer, moi qui ne l'ai jamais vue. Je me remémore les tableaux du Louvre, la marine de Claude Lorrain qui me faisait rêver : « Ulysse remet Chryséis à son père. » Je me demande qui me remettra au mien…

Dans le tunnel noir qui m'emporte vers mon identité, je me fais une idée de la couleur, de la texture, de l'immensité menaçante de cet élément que je ne connais qu'étendu à l'huile sur une toile.

Une fois arrivé à St Pancras, je continue mon périple vers le Yorkshire. L'essor de Scarborough en tant que station thermale remonte à la découverte, en 1626, des vertus thérapeutiques de ses sources. Dès 1676, ses eaux avaient la réputation de soigner un certain nombre de maladies, dont la « mélancolie hypocondriaque ». C'est un endroit idéal pour retrouver son père.

Un homme en livrée de velours vert me conduit le long d'un couloir sombre que j'emprunte à tâtons. Le silence épais n'est interrompu que par le bruit de mes pas. Ceux du majordome

Saunders, chaussé de pantoufles aussi vertes que sa livrée, n'émettent aucun son, me laissant la seule paternité de la vulgarité sonore. Il me semble pourtant discerner au loin un cliquetis régulier que je n'arrive pas à identifier.

Les murs pratiquement invisibles sont encombrés d'une multitude de cadres de toutes tailles. Plus une place de libre sur les deux parois. Comme si l'art universel avait profité de l'obscurité pour se multiplier et s'exposer en toute indécence. Un détail glané là, au détour d'un coup d'œil, et me voilà le nez écrasé contre la peinture craquelée. L'odeur envahissante de vieille croûte me berce de son sillon familier, et je touche du doigt le relief rugueux du jupon carmin d'une bayadère. J'essuie aussitôt mon doigt trempé de peinture neuve dans la poche de mon veston. Quel idiot ! Il m'arrive encore parfois d'oublier ce que je sais faire.

Au cliquetis se mêle à présent le sillage d'une mélodie, comme laissée là, accrochée aux reliefs des toiles. Des lambeaux de musique… Un quatuor à cordes, peut-être… qui sèche…

Le couloir s'élargit. Les toiles s'espacent. Une lumière bleutée commence à poindre. Et juste quand je commence à croire que ce couloir n'aura pas de fin, abruptement, comme surpris par le bord d'une falaise, la chambre bleue de la Baronne m'apparaît et m'étreint. Un peu ébloui, je découvre

Lady Colmar Honeyfield sur son piédestal. Nue et énorme sous un voile bleu comme sa chambre, elle pose. Son visage ridé de septuagénaire légèrement levé vers le ciel, elle tient d'une main une palette, de l'autre, un violon. En équilibre sur sa tête frisée, un chapeau démesuré, sur lequel trônent un livre et une plume, se balance. D'un bruissement de paupières, elle me fait signe d'approcher et un instant nous nous toisons. Je baisse le premier les yeux, gêné devant l'imposant étalage de sa chair. Je la sens sourire, victorieuse au-dessus de ma tête.

Je ne peux m'empêcher d'admirer cette aristocratique abondance, ces plis graisseux, cette peau blanche et lunaire sous son voile azur. Le peintre a suspendu le mouvement du métronome qui réglait ses coups de pinceau. Il me scrute de ses petits yeux plissés, observe mon profil, comme s'il me disséquait pour mieux pouvoir me reproduire. Je soutiens son regard. Il rougit et en perd son pinceau qui tombe avec un bruit sec sur le plancher de bois. La Baronne consent enfin à décrisper sa bouche pour en faire émettre un son :
— Je serai la déesse des arts… j'aime qu'on me peigne en suivant un rythme précis… Le rythme est tout… Nous déjeunons à treize heures…

Saunders me conduit dans une chambre fleurie à l'extrême, mais meublée avec goût. Il ne m'a pas adressé un seul mot depuis mon arrivée. Je ne sais pas comment on se comporte avec un domestique. J'ai atterri dans une planète étrange dont je ne connais ni les codes ni le langage.

— Please… Lord Honeyfield is here ?

Pour toute réponse, il hausse un demi-sourcil et ferme délicatement la porte derrière lui. J'espère ne pas l'avoir froissé. Malgré toute l'urgence et la fébrilité que je ressens à l'idée d'enfin rencontrer mon père, je le laisse partir sans protester. Mon père est là, il est dans cette maison, à quelques mètres de moi peut-être, il sera à treize heures assis à la table de la Baronne. Il découvrira mon visage et je découvrirai le sien. Qui sait si nous saurons y déceler une ressemblance ? J'espère que sa Lady l'aura averti de ma visite et que ma présence ne sera pas un trop grand choc pour ce vieux monsieur qui ne sait pas qu'il a un vieux fils. Je n'ose rien toucher de peur de « rénover » les antiquités de la Baronne qui encombrent la chambre. J'enfile les gants d'aluminium que j'ai fabriqués à la hâte avant de partir et m'allonge sur le lit trop mou, profitant des quelques minutes qui me séparent de mon géniteur, savourant chaque instant de cette anticipation délicieuse et terrifiante. Je retrouve les habitudes de mon enfance, je me refais un héros, je le dessine dans mon esprit, je le corrige, je lui donne une voix.

À midi cinquante-cinq précis, un gong retentit, me sortant de ma rêverie de petit garçon. J'ajuste mon costume fripé et me perds dans des dédales d'escaliers jusqu'à la salle à manger. Alignement parfait des plats… Rien ne dépasse. Le camaïeu est aujourd'hui Renaissance. Les entremets, d'abord, pourpres et or, suivis d'un riz safrané sont savamment entourés de crevettes dorées, jusqu'à l'exacte nuance afin de ne pas nuire à l'ordre chromatique. Lady Colmar Honeyfield ajuste ses demi-lunes, assise à la table blanche autour de laquelle elle a réuni une assemblée hétéroclite de douze excentriques.

Je cherche en vain celui qui pourrait être mon géniteur parmi ces êtres étranges qui scrutent de leurs yeux trop bleus mes mains gantées d'argent.

La Baronne contemple sévèrement les plats qui s'offrent à ses yeux. Un instant, ses pupilles se rétrécissent. Là, sur la troisième desserte, un rouget s'est endormi dans la sauce. Une tache magenta éclabousse sa robe, rompant ainsi l'équilibre parfait du nuancier. Colmar frémit de déplaisir. Elle saisit un coin de serviette parfaitement blanche et répare l'erreur, libérant le rouget de son opprobre. Satisfaite, elle se remet à table et fait signe à Saunders de procéder au service. Les convives frémissent et salivent.

Je n'ose poser la question qui me brûle les lèvres. La Baronne m'a présenté à l'assemblée, mais elle a omis de me présenter ses invités. J'ignore toujours qui sont ces personnes et si mon père est présent. Lady Honeyfield, les yeux fermés, attend que résonnent les premières notes des psaumes du roi David…

Saunders, ganté de blanc, se saisit, sur l'Alléluia, d'une cuillerée d'entremets. Il règle ses pas sur les chœurs enfantins, prenant soin de ne pas perturber l'équilibre des voix. À la première trompette, Colmar ouvre la bouche et Saunders y dépose délicatement le contenu de la cuiller.

Elle prend bien soin de ne pas mâcher à contretemps. On dirait qu'elle ne sait plus qui de l'ouïe ou des papilles gagne la joute des délices.

Le bal des saveurs ainsi lancé, les invités privilégiés se nourrissent à leur tour à l'unisson. Je me concentre pour ne pas mâcher en sol mineur, pour soulever ma fourchette simultanément à celles de mes compagnons de la table blanche. Ainsi, parfaitement en harmonie, sons, goûts et couleurs comblent nos appétits, plat après plat, de l'ocre salé au vermillon doux-amer, rythmés par le subtil Saunders qui dirige nos efforts comme un chef d'orchestre, en donnant la becquée musicale à son aristocratique maîtresse. Comme un café jurerait dans cette palette, c'est une tisane d'hibiscus qui vient clore, à la dernière note, le repas.

Étrange déjeuner que ce repas privé de toute conversation. Quelques chuchotements, tout au plus, des regards intrigués, lancés en douce dans ma direction.

J'ai essayé, mais en vain, d'attirer l'attention de la Baronne à deux ou trois reprises. J'ai tenté, auprès de mon voisin, de m'enquérir, dans mon mauvais anglais, de la présence de Lord Honeyfield. Mais comme précédemment, je n'ai obtenu qu'un regard gêné… d'autant plus gênant que mon voisin est un albinos aux yeux vairons et qu'il m'est à la fois fascinant et difficile de le regarder en face. Il porte un costume bayadère qui semble tout droit sorti d'un film des années 1970. Il n'est pas le seul à avoir fait un effort : tous les convives se sont mis sur leur trente et un. Un déploiement de fantaisies vestimentaires à peine surpassées par l'extravagante robe de dentelle noire de leur hôtesse. Dans mon costume élimé de petit fonctionnaire, je me sens sous habillé, sous-estimé et sous-entendu.

Je me tasse de plus en plus sur ma chaise, j'essaye de disparaître, comme au temps de ma vie d'avant. J'essaye de comprendre la grande joute verbale qui confronte Boris Turnsdale, un grand escogriffe chevelu qui me fait penser à Raspoutine, à Sir James Rutmoore, parfait gentleman-farmer dans son costume de tweed. Si j'ai bien compris, Boris, peintre de son état, affirme que l'existence du nombril dans toutes les représentations picturales d'Eve est une hérésie digne de la guillotine. Si Dieu a créé la première femme à partir d'une côte, l'inutilité et l'impossibilité du cordon ombilical sont toutes prouvées ! Ève ne devrait pas exposer de nombril. Il y a violation de vérité historique. Sir James a beau rétorquer que les hommes ne se baladent pas non plus avec une auréole dorée autour de la tête et que pourtant elle figure bien sur nombre de portraits d'hommes devenus saints, Boris reste sur ses positions et s'étrangle de colère. Il est plus rouge que le rouget de son assiette. Il invite même les autres convives à partir en commando pour aller effacer les nombrils offensants dans les musées d'Europe !

— Have you quite finished ? Don't you have anything else to do, for goodness' sake !

La Baronne a mis fin au débat en assénant un petit coup de son gros poignet sur la table. Le silence est à couper au couteau. Lady Honeyfield en profite pour annoncer solennellement la suite des réjouissances. Les heureux membres de l'assemblée auront le plaisir d'assister, dans le grand salon, at four o'clock precisely, à la « Renaissance de Lady Honeyfield », prodiguée par le très extraordinaire pape de la jouvence, Midas Gray, ci-présent, et accompagné par l'orchestre de chambre des « Petites mains symphoniques ». Des petites mains et mes petites mains ? J'ignorais que je faisais partie du programme. Je me lève pour protester, mais la Baronne me lance un regard qui ne permet aucune discussion. Alors que les convives partent vaquer à leurs occupations post-prandiales, elle m'invite à l'accompagner dans le salon de musique.

Elle se love dans un fauteuil crapaud, les jambes brinquebalant comme deux énormes gigots sur les accoudoirs, ses bras gélatineux pendant jusqu'à terre. Elle pousse la volupté jusqu'à renverser sa tête en arrière, laissant traîner ses maigres cheveux de Walkyrie sur le parquet ciré comme un miroir. J'admire son abandon et l'observe avec fascination. Elle est un Rubens un peu usé, un Renoir abîmé par les outrages du temps.

— Vous ne trouverez pas ici l'objet de votre quête…
— Mais… Je ne comprends pas… Vous m'aviez dit que Lord Honeyfield serait présent… Que je pourrais le voir ?
— J'ai menti… Oui, je sais très bien faire ce genre de chose. J'ai appris très tôt… Dans nos milieux, le mensonge est une matière aussi nécessaire que l'arithmétique ou la littérature. Vous ne pourrez voir Lord Honeyfield pour la bonne et simple raison qu'il n'habite plus dans ces murs…

Ma déception est telle qu'elle me laisse un instant muet. Et puis la colère m'envahit :
— Pourquoi m'avez-vous fait venir ici, alors ?

La Baronne pousse un gros soupir. Je hausse un peu le ton :
— J'ai été sincère avec vous, vous saviez combien cette rencontre m'était essentielle.

La Baronne relève la tête, ennuyée.

— Le monde ne tourne pas uniquement autour de vous. De quel trou provincial sortez-vous, mon ami ? Nous avons tous une quête. La mienne a toujours été celle de l'art universel. Savez-vous dans quelle spirale infernale cela m'a entraînée ? J'ai dédié ma vie à l'art sous toutes ses formes. Je l'ai admiré, pratiqué et collectionné. J'ai longtemps espéré avoir du talent et j'ai failli mourir en m'apercevant que je n'en avais pas. J'ai donc décidé de faire de ma vie une œuvre d'art. Lorsque j'ai appris votre existence, je me suis dit que vous seriez l'instrument de mon chef-d'œuvre : ma Renaissance. Les personnalités qui ont partagé notre repas sont mes plus fidèles admirateurs. Ils ont assisté à cette dernière Cène, qui sera suivie par ma résurrection. Vous êtes l'artiste suprême, cher Midas, celui qui ressuscitera ma beauté première. Vous êtes mon Michelangelo. Ma Renaissance, ou plutôt ma nouvelle virginité, sera mise aux enchères… J'abandonnerai ma fleur au plus offrant… et je ne doute pas que nous battions un ou deux records…

— Qui vous dit que je souhaite participer à un tel projet ? Vous m'avez attiré ici sous de faux prétextes. Je refuse de me faire manipuler ainsi.

— Si vous voulez voir votre père, vous accepterez la manipulation. Au fond, je ne vous demande rien de plus que vous n'ayez déjà pratiqué des centaines de fois…

J'accepte le marché honteux, je me livre à cette grande kermesse érotique, parce que l'enjeu est pour moi aussi inévitable que la mort qui me rattrape à chacune de mes interventions. Je ne peux plus me passer de l'idée de ce père tant espéré.

Le grand salon de la Baronne a été débarrassé de ses meubles. Les dizaines de miroirs qui en couvrent les parois ne reflètent que le feu de vingt grands candélabres, posés à intervalles réguliers de part et d'autre de la salle. Au centre, un lit blanc couvert d'étoffes immaculées attend Lady Honeyfield. Les douze « esthètes » se sont rangés comme autant d'autres cierges entre chaque candélabre. Quatre cameramen placés à des points stratégiques viennent d'actionner leurs caméras.

Je fais mon entrée, en vedette américaine. La Baronne m'a déguisé en pingouin pour l'occasion. C'est la première fois que je porte le frac. En passant devant les miroirs qui reflètent mon apparence, je pense à ma mère. Comme elle aurait aimé me voir ainsi attifé, en si aristocratique compagnie ! Je regrette seulement que mon « bal de débutant » soit celui d'un vieil homme au dos voûté, dont le corps ratatiné et le visage émacié ne mettent pas vraiment en valeur l'habit de soirée !

En enfilant la veste, je me suis dit que j'enfilais peut-être le costume de mon père, j'en ai eu des frissons… Mais la seule idée me donne une confiance que je ne me connaissais pas. Le frac de mon père est devenu une armure de chevalier, et je m'apprête à terrasser le dragon.

D'ailleurs, en parlant de dragon, le voici : Colmar Honeyfield fait son apparition, drapée de voiles comme une Égyptienne. Le tissu cache à peine sa plantureuse majesté. Elle glisse, suave et gracieuse malgré son apparente lourdeur, et s'assied pudiquement sur le bord du lit. J'ai reçu l'instruction de procéder en exagérant mes gestes, de cabotiner et de faire durer le plaisir. La vidéo doit durer au moins une demi-heure, il faut que ces messieurs en aient pour leur argent.

Sur les écrans de contrôle, je vois que le réalisateur a fait zoomer les caméras sur le visage bouffi et le triple menton de Colmar. Un gros plan qui servira d'étalon pour un avant/après éloquent.

Le brouhaha des conversations a fait place à un silence révérencieux. La Baronne s'appuie de ses deux mains sur le lit, offerte comme un gros poisson pêché du jour. J'avance vers elle, les mains gantées d'aluminium. D'un geste théâtral, je retire mes gants comme une strip-teaseuse des années cinquante, un doigt après l'autre. Je les jette dans l'assemblée. Je ne peux réprimer un sourire en voyant que deux excentriques sont en train de se les disputer. De peur de déranger le show de la Baronne, ils n'osent, toutefois, le faire à haute voix… ce qui crée une scène muette assez ridicule alors qu'ils tirent, chacun de leur côté, l'objet de leur désir, en s'apostrophant silencieusement. On dirait un film de Chaplin !

Je m'attends presque à voir débarquer un gros policier moustachu aux yeux cerclés de noir ! Mais très vite, la baronne leur jette un regard furieux et les deux hommes se partagent mes gants sans plus discuter. Je prends une grande respiration. L'auditoire respire avec moi. Comme un héros romantique, je saisis le visage de Lady Honeyfield entre mes doigts. Ses cils palpitent sur ses yeux pervenche. J'exagère les secousses que me provoque le contact de sa peau. Je convulse, je roule des yeux, et peu à peu, le visage de Colmar se dégonfle, s'affine et se dessine sous mes doigts. Elle est la glaise, je suis son Rodin recréateur.

L'assemblée pousse un « oh » admiratif, je réprime un cri d'horreur. Je n'arrive toujours pas à m'habituer aux contrastes surprenants que provoquent mes opérations. Voir ce corps de cétacé échoué surmonté d'un petit visage ravissant d'adolescente est pour le moins choquant.

Je poursuis ma « cure » le long du corps de la Baronne. Ses seins lourds et flasques se redressent pour former de parfaits tipis sous la soie du drapé, les plis de son ventre se résorbent un à un, la taille se creuse et la peau se tend. Entre chaque étape, chaque portion de corps rénovée, je lève mes mains en l'air pour les débarrasser de la sensation de chaleur insupportable que l'opération leur inflige. Cela me donne l'aspect d'un champion de boxe improbable et ne manque pas de provoquer les applaudissements des apôtres de la Baronne. Mais je ne me repose pas sur mes lauriers et me remets vite à la tâche, car l'aspect de ce haut de corps parfait contraste abominablement avec les fesses gélatineuses de sa propriétaire. La Baronne me fait signe de procéder à la prochaine étape. Je sue à grosses gouttes, je redoute ce moment depuis qu'elle m'en a évoqué l'absolue nécessité. Je respire un grand coup et plonge ma main entre les cuisses de la Baronne, au risque de me faire happer tout entier dans son sexe distendu. Je reconstitue son hymen sous les bravos de la foule. Je poursuis mon chemin, abolissant au passage toute trace de cellulite, et termine en beauté sur ses pieds déformés. Les voilà doux et roses, de véritables petits petons d'angelot, dignes de se faufiler dans leurs pantoufles de vair.

Épuisé, je m'écroule à terre, surplombé par cette Vénus de Botticelli triomphante, perdue dans ses voiles trop larges.

— Intacte ? Je suis à nouveau intacte ? Lord be praised ! And now gentlemen, you may start bidding for my virginity !

La mise à prix de la virginité de Colmar est de cinq mille livres sterling. Les enchères grimpent vite, soutenues par les coups d'archet de l'orchestre qui marquent chaque proposition : dix mille livres au gentleman de droite ! Zing ! Quinze mille livres à gauche ! Zing ! Trente mille livres au vieux comte Carmin ! Zing !

Toujours étalé aux pieds de la Baronne, je me relève avec difficulté, la respiration hachée. Sans penser à mon acte, je prends ma tête entre mes mains pour essayer de dompter les veines en éruption sur mes tempes. Un instant, mon jeune visage apparaît, immédiatement remplacé par sa version vieillard.

L'assemblée est médusée. Une grosse touffe de cheveux blancs est restée accrochée à mes mains comme un animal gênant. Mais les apôtres sont en rut. Ils scandent leurs enchères en s'arrachant leurs chemises. C'est un drôle de spectacle que de voir ces aristocrates déchaînés abandonner toute retenue. La Baronne glapit, au bord de l'orgasme.

Tout brinquebalant, je me dirige vers ma chambre sans attendre de voir à qui échouera le gros lot. Ma tâche est faite, je n'ai aucune envie d'assister à sa résolution. J'ai besoin de repos, mes yeux se ferment tout seuls. Je m'allonge sur mon lit, sans même prendre le temps de me dévêtir. J'ai l'impression de flotter dans mes vêtements, comme si cette dernière opération avait fait sécher et rétrécir mon corps. Je tâte ma peau parcheminée, je ne sens plus de matière, plus de muscles. De la vieille peau sur des os friables, voilà ce que je suis devenu. Dans un demi-sommeil, je me demande si mon père vaut la peine d'un tel sacrifice. Je me demande aussi s'il cautionne les agissements de sa femme. Je m'endors sans avoir répondu à mes questions.

Je me réveille en sursaut, en sentant un souffle sur ma joue. Un parfum de vieille rose mêlée d'arômes âcres et de relents de sherry. J'ouvre les yeux sur le délicieux et juvénile visage de la nouvelle Colmar Honeyfield. Elle se tient penchée au-dessus de moi et souffle délicatement sur mon visage pour me réveiller. Elle se glisse délicatement à mes côtés, déployant son corps de liane flambant neuf dans les draps un peu flétris. Je ne sais trop quoi faire. J'ai peur de la toucher par inadvertance. Je ne tiens pas du tout à réitérer l'expérience du fœtus… J'entends sa respiration régulière, mais elle a les yeux grands ouverts.

— Votre père est l'amour de ma vie. Mais votre père n'est plus… Ou du moins, il n'est qu'une carcasse vide qui respire encore. Son esprit n'est plus. Il l'a laissé en route, tout occupé qu'il était de vouloir sauver l'humanité. La chose la plus triste est qu'il y est presque arrivé ! Je revois John, les yeux brillants, me parlant de ses « cibles délicieuses »… C'est ainsi qu'il nommait les petits drapeaux biologiques attachés aux tumeurs cancéreuses. Il avait presque trouvé le moyen « d'éduquer » le système immunitaire. Il croyait en l'existence d'un neurone chef d'orchestre.

Il l'appelait le neurone Karajan. Ce serait le « Maestro » qui apprendrait au système immunitaire à attaquer chaque drapeau, de manière totalement personnalisée. Il suffisait de trouver la formule qui déclencherait le neurone Karajan. Ainsi chaque individu aurait la clé pour combattre son propre et unique cancer… Mais il y a cinq ans que John n'est plus d'aucune utilité, ni à moi ni au genre humain. Cinq ans qu'il ne sait même plus ce qu'est un « x » ou un « y », qu'il ne reconnaît ni une tumeur, ni un gène, ni moi… Cinq ans que sa formule magique croupit avec lui au fond d'un asile de luxe en Suisse. Cinq ans qu'il ne connaît aucune évolution à part la rapide détérioration de son cerveau. J'ai d'abord pleuré cet homme remarquable. J'ai pleuré de frustration, car son cerveau aurait pu changer le monde. À présent, je réclame mon droit à la renaissance… J'ignore si vous pouvez quelque chose pour lui. Vous êtes au bout de vos forces, je le sens, je le sais… Je ne savais pas si vous résisteriez au voyage qui vous conduirait jusqu'à lui. Je ne pouvais pas prendre ce risque… C'était ou lui et l'humanité, ou moi… J'ai choisi moi, je choisis moi sur l'humanité, parce que je ne crois pas qu'elle mérite d'être sauvée.

— Quand je vois ce que l'humanité est devenue, je n'en suis pas si sûr non plus. Et pourtant quelque chose me dit que la seule raison de ma présence sur terre, de ce don incroyable qui a pris possession de moi, est précisément de la sauver d'elle-même.

— En sauvant l'humanité de la maladie, vous condamnez inexorablement la planète… J'ai personnellement toujours été hostile aux antibiotiques… Pourquoi cette ingérence continue de l'homme sur la sélection naturelle ? Nous sommes beaucoup trop nombreux… C'était toujours un sujet de discorde entre votre père et moi… Quel paradoxe, n'est-ce pas ? Sauver l'humanité de la maladie c'est condamner la planète et donc condamner l'humanité qui l'habite. L'homme ne sera jamais gagnant à ce jeu-là… C'est pourquoi j'assume mon égoïsme, je le revendique, quitte à finir en enfer… Anyway, je ne crois pas à l'existence de l'enfer. Je ne crois en rien. Ou plutôt, si… Je ne crois qu'en la recherche effrénée de la beauté et du plaisir, et grâce à vous, ma recherche durera encore de longues, longues années.

Ce disant, elle se redresse et saute du lit, après avoir glissé sous l'oreiller une enveloppe.

Je la décachette avant même qu'elle n'ait eu le temps de franchir le seuil de ma porte. Il y a une adresse en Suisse, quelques feuillets comportant des formules mathématiques et la photo d'un vieil homme qui me ressemble. Nous avons apparemment le même âge, je pourrais être son frère jumeau.

Je l'arrête de la voix, étranglé d'émotion.

— Merci.

Elle se retourne, tout aussi émue que moi.

— Un deal est un deal. Vous avez respecté votre parole, je respecte la mienne. Et puis, qui sait, peut-être parviendrez-vous à me le rajeunir, l'amour de ma vie… Peut-être se souviendra-t-il de moi, sans se souvenir que je l'ai abandonné… Je ne peux m'empêcher de penser au choc de nos corps jeunes se mélangeant à nouveau l'un avec l'autre…

16. Voyages

J'aurais pu partir tout de suite en Suisse, prendre le premier train pour Genève et le premier car pour Wiedlisbach où se trouve le charmant « Village Alzheimer » dans lequel végète mon père depuis cinq ans… Ce n'est pas l'envie qui me manque. La résolution de ma quête est si proche, mais je sais qu'il me reste quelques petites choses à régler avant d'entreprendre mon dernier voyage. Malgré tous les mauvais souvenirs que j'associe aux deux tas de houille qui gardent l'entrée de Saint-Étienne, je ne peux m'empêcher de verser une larme en les voyant se dresser, gris et sales, devant la fenêtre du TGV qui ralentit sa course pour me déposer sur le quai.

L'émotion qui m'étreint ne peut m'empêcher de ressentir une sensation d'étriqué, de suffoqué devant la petite ville qui était tout mon monde il y a à peine trois semaines. Les rues que je parcours à pied, traînant ma valise derrière moi, me semblent à la fois familières et étrangères, d'un autre temps. Du temps d'avant Midas Gray…

D'ailleurs, les gens que je saluais autrefois ne me reconnaissent pas. Comment pourraient-ils me reconnaître ? Il y a bien, de temps en temps, quelques jeunes qui me pointent du doigt :
— C'est le type de la télé ?
— Mais non ?

— Mais si, je te dis, c'est lui en vieux, viens ! On va lui demander un autographe.

C'est un drôle de pèlerinage que je fais dans la ville. Je ne peux m'empêcher de passer devant les portes de Gounaud SARL.

Il est dix-huit heures, les employés se ruent hors des portes, enfin libres de vaquer à leurs loisirs.

Blain sort à son tour, l'air préoccupé. Il farfouille dans son attaché-case. Il me dépasse, sans me reconnaître, me bousculant au passage en grommelant un vague « pardon ». Il ne s'est pas aperçu que, lors de sa bousculade, j'ai posé un instant ma main sur sa tête, lui faisant renaître une chevelure noir ébène luxuriante.

Le prochain reflet de lui-même qu'il verra dans une vitrine ne manquera pas de le surprendre.

En arrivant devant mon immeuble, je tombe sur Mireille. Elle balaye l'escalier avec son énergie habituelle, comme si elle voulait en effacer les marches.

— C'est à quel sujet ?

Bien sûr, elle ne me reconnaît pas non plus…

Je ne suis plus le jeune homme qu'elle a failli assassiner à coups de balai, mais un vieux croulant fatigué. Je mens, parce que c'est plus simple et que je n'ai pas de temps.

— Je suis le père de monsieur Pratou. Vous avez les clés ? Mon fils ne revient pas avant la nuit et je suis fatigué du voyage.

Elle me scrute de ses petits yeux inquisiteurs.

— Vous pensez ? Ça fait des semaines que je l'ai pas vu. Il a installé un étranger chez lui, pour s'occuper du chat… cette sale bête qui me griffe tous mes paillassons… Et je parle pas du chat ! Moi j'aime les bêtes, Monsieur, mais j'aime pas les étrangers. Tenez, il doit être là, ça sent encore le curry ! Si c'est pas malheureux.

Je grimpe avec peine les escaliers que j'escaladais quatre à quatre il y a trois semaines. L'angelot magnifique que j'avais fait renaître me salue du haut de la rambarde neuve. Je frappe à ma porte.

La joie me traverse en entendant les petits pas traînants de Sehtou qui se rapprochent.

— Mon ami Jean ?

Il me serre dans ses bras. Il m'a reconnu tout de suite.

— Viens t'asseoir, tu es fatigué, je te prépare un bon thé.

Il m'installe dans la cuisine, me pose un coussin derrière les reins, s'affaire autour de la bouilloire, me sert un thé avec un nuage de lait, et s'assied face à moi. Il me regarde longtemps sans rien dire.

— Tu es venu me dire au revoir, mon ami Jean ?

Je secoue la tête sans rien dire. Je n'ai plus de mots. Nous buvons nos thés en silence. Sur la table de la cuisine, je rédige mon testament olographe. Je sais qu'il a la même force légale qu'un testament authentique.

Je lègue à Sehtou le chat Robert, mon appartement et les objets qui le meublent. Je lui laisse aussi toutes mes économies, à part les quelques sous dont j'aurai besoin pour mon voyage en Suisse. Je lui remets l'enveloppe, cachetée et adressée au service juridique de Gounaud SARL. Je lui donne la consigne de la déposer dans quelques jours sur le bureau de Blain.

Sehtou a l'air grave, mais il ne pleure pas. Il reste digne et dodeline de la tête.

— Je n'ai pas vu Robert, Sehtou. Encore parti courir la gueuse ?
— Pas tout à fait…

Sehtou me prend par le bras et me mène jusqu'à ma chambre. Il allume la lumière qui éclaire vivement la dernière Josette qui habite encore sur mon plafond, ma chère Nut, mon Égyptienne. Est-ce une larme qui coule de ses yeux ou la fuite du lavabo du voisin ?

Pas la moindre trace de Robert sur mon lit, ou sur le rebord de la fenêtre, ses deux repaires de prédilection.

Sehtou pointe du doigt le tiroir de ma commode, qui est grand ouvert. Je m'approche. Sept petits Robert minuscules sont en train de téter Robert. Il me regarde de l'air ennuyé qui lui est coutumier et consent toutefois à m'adresser un petit miaulement de bienvenue. Je le renomme aussitôt Roberte.

Ma valise est prête, je suis sur le seuil de ma porte. J'ai passé ma matinée à recouvrir de peinture blanche ma chère Nut, à la libérer de son exil sur mon plafond.

Sehtou a pris le relais lorsque mes forces m'ont abandonné. Son visage est constellé de petites gouttes de peinture, des taches de blancheur sur sa peau noire.

Je l'ai serré fort sur mon cœur sans oser regarder ses yeux huileux. Je suis sûr que le mélange d'huile et de larmes, cette impossible émulsion, fera embuer les miens. Ma chambre est impeccable comme une page blanche qui ne sera plus recouverte de mon histoire. J'ai caressé une dernière fois Roberte de mes mains gantées d'aluminium. J'ai nommé chacun des petits chats. Ce sont mes enfants après tout : Blain, Gardon, Colmar, Johnny, Mireille, Sehtou, Josette.

Bercé par le rythme du train qui m'emporte vers Genève, je ne perçois pas tout de suite le débat qui soulève les passions de quatre hommes, assis dans le « carré » qui jouxte mon siège. Je les observe du coin de l'œil, et les entends s'enflammer autour de leur sujet de prédilection : Dieu. Ils vont tous les quatre à Genève assister et participer à une conférence sur les religions. L'imam est assis à côté du rabbin, le lama tibétain à côté du prêtre. Tous s'évertuent à se trouver des différences. Il y a fort longtemps que j'ai compris que l'harmonie n'était pas de ce monde, sauf lorsqu'elle figure dans une sonate ou un concerto. Ces hommes, ces saints hommes en sont l'exemple flagrant… mais je me dis que même s'ils sont incapables de s'accorder sur une musique universelle qui sauverait leurs ouailles et abolirait toute fausse raison de s'entretuer, ils ont parfois accès à la magie de l'inexpliqué, de l'inexplicable… Peut-être pourraient-ils répondre aux dernières questions que je me pose encore sur ma condition ?

Je me glisse vers eux, interrompant leur débat, m'en excusant avec profusion. Mais comme ce sont des saints hommes, ils ne m'en tiennent pas rigueur. Je me présente. Deux d'entre eux, le prêtre et le rabbin, me connaissent déjà, ont assisté à ma « prouesse médiatique ». Ils s'en sont amusés, croyant à une nouvelle folie de ce monde, un truc, un gimmick publicitaire, un effet spécial aussi divertissant qu'inconséquent.

J'explique aux deux autres l'être sacrilège, le « veau d'or », « l'idole hérétique » que je suis. Et je leur demande : pourquoi moi ? Qui a mis dans mes mains ce pouvoir, cette arme qui menace l'ordre commun, l'économie mondiale, les lois de l'univers, l'humanité tout entière, leur foi même ? Car ce qu'ils ont vu est vrai, sans truc, sans illusion. Ce qu'ils ont vu provoque en ce moment même des révolutions. Des êtres, lassés par la surconsommation qu'on leur impose, par la lente détérioration de leur cerveau qu'on leur fait subir à force de manipulations diverses et organisées, conspirent, complotent, agissent en mon nom.

Qui suis-je dans le grand panorama de la Création ? Quel est mon rôle ? Me l'a-t-on donné ? Ou me le suis-je attribué d'office ? Ai-je le droit ou le devoir de me servir de ce que l'on m'a offert ?

Je leur demande humblement de m'illuminer. Si chacun de ces hommes parvient très facilement à m'expliquer la création, les miracles et les dogmes attachés à leurs fois respectives, aucun ne parvient à justifier, expliquer ou cautionner ce que je suis et pourquoi je suis. Je leur demande s'ils connaissent d'autres cas tels que le mien dans l'histoire de l'humanité.

Ils me considèrent, me toisent, me dévisagent, sans pouvoir me répondre. Et pourtant ils ne peuvent contester que mes pouvoirs défient toutes les lois connues des hommes et des dieux.

Je suis arrivé à point nommé dans une société éprise de jeunesse et de nouveauté jusqu'à l'ivresse, une société qui se crée des désirs inutiles et des dangers réels pour sa survie.

Comment expliquent-ils ce parfait timing ? De plus, ce pouvoir est limité à ma propre mortalité accélérée. Il a une date de péremption qui me force à œuvrer sur un nombre limité d'êtres et de situations.

D'où l'importance du choix. Quels doivent être ces choix ? Ai-je bien choisi ? Auraient-ils pu m'aider à choisir ?

Silence.

En désespoir de cause, comme tous ces hommes saints sont avant tout des hommes, et que la curiosité est un vilain défaut que je m'accorde encore, je leur propose mes services et leur demande s'ils souhaitent profiter de mes pouvoirs. Ils ont bien quelque chose à « rénover », eux aussi, non ?

Ils se regardent, un peu gênés. Aucun n'ose formuler sa demande devant les autres.

Je les accueille donc, un à un, dans mon confessionnal ferroviaire, mon cabinet de doléances : les toilettes du wagon de première classe.

Le Père Ambroise La Fortune est le premier à me faire sa requête. Il s'installe tant bien que mal entre le petit lavabo et l'urinoir alors que je m'adosse à la porte verrouillée. Le mouvement du train nous pousse incessamment l'un vers l'autre et ma surprise est grande lorsque le curé commence à déboutonner sa soutane…

Gêné et horrifié par mon interprétation de ce geste, je m'aplatis un peu plus contre la porte, jusqu'à m'imprimer sa poignée dans le dos. Le Père Ambroise surprend mon regard, comprend mes honteuses pensées et proteste vivement.

— Non, non ! Vous vous méprenez ! Regardez.

Il glisse une main à l'intérieur de sa soutane et après le bruit d'un arrachement qui le fait grimacer de douleur, en retire une pochette de plastique transparente qui était collée sur sa poitrine.

À l'intérieur, je distingue un petit fragment de papyrus déchiré sur lequel apparaissent huit lignes incomplètes d'une langue qui m'est inconnue.

Les yeux du Père Ambroise brillent à la seule vue du papyrus.

— Je l'ai découvert en Égypte il y a deux ans. C'est un jeune Copte qui venait régulièrement à la mission qui l'a trouvé, perdu dans une ancienne déchetterie.

Je ne peux m'empêcher de penser à Sehtou, le « bébé ordure », sur sa montagne de déchets.

— Il me l'a confié, pensant qu'en tant qu'homme docte je saurais le déchiffrer. Il a été daté à la deuxième moitié du deuxième siècle. Il est le seul fragment restant d'un Évangile jusqu'ici inconnu. Jésus y parle entre autres de sa mère Marie, de ses disciples, de « méchants gonflés de haine ». Mais voici la traduction de la quatrième et de la cinquième ligne : « Jésus leur a dit "Ma femme… Elle sera capable d'être mon disciple" ». Toute ma vie de prêtre on m'a appris que le mariage était la « fornication instituée par le diable ». La tradition chrétienne n'a conservé dans le Nouveau Testament que les voix qui prétendaient que Jésus ne s'était jamais marié et que par conséquent, nous les prêtres, devions suivre son exemple. Pour ma part, le Nouveau Testament est une sélection arbitraire, la première « compilation » de l'Histoire, le « best of » d'une profusion d'écrits plus ou moins fiables et à la vérité historique plus que fragile. Aucun texte reconnu par l'Église n'indique que Jésus ait pu avoir une femme. Mais ce petit bout de papyrus transmet à lui seul un message théologique positif sur le mariage et la sexualité. Cinq mots, rien de plus, la phrase est coupée net, mais ces cinq mots-là suffisent à créer la stupéfaction et nous permettre de questionner ce qu'on nous impose à nous, hommes de Dieu, mais néanmoins hommes. Je révélerai l'existence de ce papyrus à la conférence de Genève. Si je pouvais révéler le codex tout entier… Y trouver la confirmation de ce que suggère le fragment. Imaginez la portée de ce geste, la révolution que ce serait auprès du concile ! Que l'on nous permette enfin d'aimer et d'être aimés comme tous les hommes, sans culpabilité.

Il me tend alors son petit fragment d'écriture d'un regard implorant. Je retire aussitôt mes gants et touche avec émotion le papyrus vieux de dix-huit siècles. Dès le premier contact, les mots effacés se mettent à noircir, les phrases coupées se reconstituent, la page s'allonge, bientôt rejointe par tout un cahier. Le codex reconstitué comporte une quarantaine de pages écrites recto verso. Le père Ambroise pleure en le recevant de mes mains.

— Merci, merci… Soyez béni, mon fils. Vous avez fait là une grande chose…

L'imam est le prochain à entrer dans mon « cabinet ». Il hésite un instant, m'observe. Puis, quelque chose s'éclaire dans son visage, une illumination, une presque certitude qui l'emplit de bienveillance.

Sans tergiverser, il me demande de reconstituer les six cents marches usées de la grotte de Hira, située dans la montagne de Jabal al-Nour.

— Voyez-vous, le passage du temps les a rendues dangereuses. Cinq mille pèlerins musulmans les gravissent chaque année pour célébrer la révélation du Prophète. Votre intervention pourrait leur éviter de glisser…

Le rabbin, quant à lui, me demande de reconstruire le Temple de Jérusalem. Du splendide Temple d'Hérode, il ne reste plus que les ruines du mur des Lamentations.

— Nous pleurons depuis des siècles cette destruction du Temple, car elle nous éloigne du Saint des saints. Nous pleurons toutes les destructions… Celles d'un amour trahi, d'un espoir brisé, d'un objet chéri… Si l'on pouvait accumuler toute une vie de larmes en un seul épisode de pleurs, s'en débarrasser une bonne fois pour toutes et pleurer tout notre quota en une journée, nous pourrions passer le reste de notre temps à vivre… Avec et pour la grâce de D'…

Le rabbin me sourit. Une infinie tendresse emplit ses yeux. Il prend mes mains gantées d'argent dans les siennes.

— J'ai longtemps prié pour que la main de « Hachem » guide notre monde…

Je ne pensais pas voir ce que je vois de mon vivant… Nous disons que seule l'arrivée du Messie permettra de reconstruire le Temple…

Je le regarde avec inquiétude, écrasé sous le poids d'une impossible responsabilité. M'aurait-il pris pour cet être attendu depuis des siècles ? Pour le Messie ? Moi ? L'envoyé de Dieu ?

— Ainsi mon peuple n'inondera plus de larmes les pierres sacrifiées et les épaules de ses concitoyens…

La distance m'empêchant de satisfaire immédiatement les requêtes de l'imam et du rabbin, je leur promets d'essayer de survivre à ma prochaine aventure, afin d'entreprendre les deux voyages. Ils me remercient tous deux, pleins d'espoir, confiants.

Le lama tibétain entre lentement dans mon « cabinet ». Il s'arrête subitement de marcher, un pied en l'air. Il a vu quelque chose que je n'ai pas vu. Je baisse les yeux vers ce pied qu'il tient soulevé. Un insecte rampant vient d'être épargné par sa sainte sandale. Il se faufile dans les interstices du lavabo, béni par le lama. Je me noie dans les yeux de cet homme, je ressens grâce à sa simple présence, une telle sérénité, un tel apaisement que mon souffle renaît, aussi libre que lorsque j'étais enfant. D'une voix douce et calme, il me confie qu'il n'a rien à me demander.

— Il ne m'appartient pas de vouloir changer les choses, la moindre demande irait à l'encontre de tous mes principes. J'aimerais, s'il m'est accordé de le faire, plutôt vous offrir quelque chose.

À moi ?

Avec tristesse, je dois bien admettre qu'il y a fort longtemps que l'on ne m'a pas fait de cadeau… Je n'ai fait que donner… Je considère le lama avec une expression hébétée. Je n'ai pas les codes du recevoir.

— Vous comprenez, le monde déborde d'un trop-plein d'égoïsme, alors je préfère me préoccuper des autres et ne rien demander pour moi-même. C'est déjà, me direz-vous, demander quelque chose que de ne rien demander…

Alors il sort un petit bout de papier de sa robe safran et y griffonne une série de mots. Il me tend la chose en disant à haute voix : « Om Mani Padme Houng ».

— Qu'est-ce que cela signifie ?
— Ce mantra nous dit qu'il faut attiser la chaleur qui couve au fond de notre cœur et exercer notre sagesse. Il nous faut ensuite les combiner. On

ressent alors une formidable paix intérieure, une volonté d'atteindre l'Éveil, pour le bien de tous les êtres…

Je ne sais dans quels coins obscurs résident les âmes, mais je pose tout de même ma main sur son cœur, sur sa tête, sur son ventre, à tout hasard. Son sourire gracieux est resté intact, suspendu un instant dans les airs, comme celui d'un chat du Cheshire. Seul ce sourire est resté, immuable, dans le visage changeant du vieux lama, que je viens de transformer, malgré moi, en jeune bonze. Arrivé à Genève, je prends congé de mes saints hommes. Je les regarde un instant déambuler sur le quai, bras dessus, bras dessous, unis comme des frères. Les passants se retournent sur leur passage. Mes saints sont emplis d'une joie profonde qui transpire et contamine. Et moi je suis vide comme une coquille vide. La plénitude que j'ai ressentie à leur contact se dissipe comme fumée dès leur disparition à l'autre bout du quai. Elle a fait place à une sourde anxiété, la quasi-certitude que le peu de vie qui me reste ne me permettra pas de respecter mes promesses. Je me suis résigné à me voir mourir. Je sais que l'issue est proche. Chaque pas est désormais un effort, chaque respiration un cri rauque de mes poumons. Momentanément égoïste, je voudrais, au moins, que le temps qui m'est imparti me laisse aller jusqu'au bout de ma propre quête. D'ailleurs, quel est-il, ce temps ? Il n'est pas plus prévisible que la date d'échéance des autres âmes humaines qui m'entourent. Pourtant, je peux contrôler son accélération en ne me servant pas de mes mains. Qui sait si j'aurai à m'en servir lors de mon prochain voyage, celui qui me conduit jusqu'à Wiedlisbach.

17. Papa

Ce bitume-ruban qui me déroule lentement vers mon avenir, me semble solide et concret. Je peux croire en lui, car il est à la fois ma première et ma dernière route. Le car abandonne vite la grise familiarité de l'autoroute pour sillonner dans la verdure de la Haute-Argovie. La route est charmante, les villages proprets, la nature partout déployée avec insolence, comme si la main de l'homme ne l'avait pas encore abîmée. Le car me déleste un peu au-dessus de Berne, aux portes du coquet village médiéval de Wiedlisbach… Une vieille femme édentée qui m'attend derrière le muret vient aussitôt à ma rencontre.

Je contemple un instant le panorama qui s'offre à ma vue : la sérénité d'un ciel pur, les quelques nuages qui s'accrochent au clocher de l'église, le rassurant cocon des montagnes qui protègent cet endroit hors du temps de toute interférence moderne. La vieille m'annonce qu'elle vient de fêter ses cent cinq ans.

— C'est la vue. Elle rend éternel.

Ici, tout le monde souffre de dégénérescences neurocognitives. Le professeur Noos a eu l'idée géniale de replonger ses pensionnaires au temps de leur jeunesse, dans les années soixante, afin qu'ils retrouvent des repères familiers. C'est un concept révolutionnaire et un projet fou que ce « Village Alzheimer », fait pour des êtres qui oublient ce qu'ils ont fait la veille ou cinq minutes avant, mais conservent des souvenirs précis de leur passé lointain.

Ma belle édentée me sert de guide touristique, et nous nous baladons le long de ruelles. Elle glisse sur le pavé comme un cygne, élégante et gracieuse malgré l'arthrose qui déforme ses membres. Je découvre avec elle les allées bordées de commerces, de jardins. Je remarque de petites habitations à thème qui reflètent les goûts et les modes de vie passés des résidents. Il y a des maisonnettes en briques rouges pour les intellectuels, des petits pavillons pour les manuels, des fermettes pour les ruraux, des gymnases pour les sportifs, des ateliers pour les artistes… C'est un véritable « Alzheimerland » qui respire au rythme du bal musette, du jazz ou du rockabilly, diffusé par des haut-parleurs répartis de part et d'autre de la rue. Ici, pas de bloc sévère, pas de chambres-cellules, de plateaux-repas et de relents d'antiseptique. Le personnel, qu'il soit soignant, administratif ou domestique, a troqué la blouse, la veste ou le bleu de travail pour la mini-jupe et le jean à pattes d'éléphant. Il circule en Solex et sirote du Cacolac en jouant aux caissiers et aux vendeurs dans les petits commerces d'époque qui regorgent de produits anciens, de mange-disques, de roudoudous, de Mistrals gagnants, de Banania et de cadeaux Bonux.

Ma charmante guide me quitte aux portes du pavillon du docteur Noos.

— Vous m'excuserez, mais j'ai un thé dansant à seize heures.
— Vous serez la reine du bal ?
— Si vous voulez, rejoignez-nous à la Guinguette, on manque toujours de cavaliers. Les hommes meurent hélas bien plus vite que nous…

Je décline poliment, après lui avoir fait le baise-main de rigueur, et entre dans la demeure du Docteur. Je me retrouve immédiatement plongé dans un film de Tati. Tout ici est une reproduction de « Mon oncle », une ode au consumérisme naissant des années soixante, des nouvelles machines inutiles aux engins surdoués, tout est coloré de blanc ou d'acier.

Près d'une fontaine en forme de poisson qui crache un liquide bleuâtre, Ernest Noos, vêtu d'un bermuda et d'une chemise hawaïenne, taille un rosier solitaire dans son jardin électronique.

J'ai mis cinq heures à élaborer mon plan d'attaque. Première étape : je me fais passer pour le frère jumeau de mon père.

— En effet, la ressemblance est frappante.
— Je reviens des États-Unis après cinq ans d'absence. Je n'ai pas vu mon frère depuis son entrée au village.

— Vous allez le trouver très diminué. Son état s'est vraiment détérioré depuis un mois. J'ai bien peur qu'il ne nous quitte bientôt. Je doute qu'il vous reconnaisse… Donnez-moi une minute. Je me change en docteur et je vous conduis au « Laboratoire ».

Nous croisons en chemin des pensionnaires souriants et détendus. Ils déambulent en toute liberté. Ils font des petits signes au Docteur qui s'est changé en costume trois pièces, nœud papillon.

— Vous n'avez pas peur qu'ils fuguent ? Je n'ai remarqué aucune grille à l'entrée…
— Ils ignorent que leur charmant village est ceinturé d'un mur qui prévient toute fuite ou évasion…
— Mais lorsque je suis entré…
— Vous êtes passé par la porte sud. Nos caméras de surveillance ne laissent rien échapper. Qu'avez-vous pensé de notre doyenne ?
— Elle est charmante.
— Une grande danseuse… Une étoile internationale. Elle se souvient de chacune des chorégraphies qu'elle a dansées jusqu'en 1956. Mais, cinq minutes après vous avoir quitté, si elle vous recroisait dans la rue, elle vous saluerait comme si elle ne vous avait jamais rencontré.

Nous arrivons à un petit bâtiment blanc surmonté de lettres bleues qui forment le mot

« Laboratoire ». En poussant la porte, je ne peux m'empêcher de marquer un temps d'arrêt : l'entrée me rappelle étrangement celle de l'horrible clinique qui me retenait prisonnier. J'en ai des sueurs froides. Je revois l'œil cruel et froid de mon tortionnaire, je revois les mains de silicone posées sur le bureau, en attente, comme deux oiseaux de proie malfaisants. Le souffle me manque, je titube. Le docteur prend mon trouble pour de l'appréhension, à l'idée de revoir mon « frère ». Il me tapote sur l'épaule.

— Ne vous inquiétez pas. Même s'il n'est plus dans son cerveau, il pourra percevoir votre présence, votre bienveillance, le contact de votre peau… Je suis d'ailleurs curieux de voir la réaction d'un patient Alzheimer face à son jumeau.

Le brave docteur se frotte les mains, joyeux d'ajouter une expérience à son fleuron. Je me ressaisis et le suis le long d'un couloir blanc. Je tremble d'émotion à l'idée de voir enfin mon géniteur, mon héros malgré lui.

Au bout du couloir, il y a une porte. Le docteur me pousse gentiment. J'ouvre. Je découvre un mini amphithéâtre. Au fond, un large tableau noir, vide. Devant le tableau, un vieil homme, de dos, vêtu d'une blouse blanche, semble réfléchir. Il tient une craie à la main. Le docteur me fait signe d'avancer. Je m'approche. À petits pas. Bouleversé. J'essaye de retenir les larmes qui coulent toutes seules sur mes joues. Lorsque j'arrive à hauteur de Lord Honeyfield, le docteur racle sa gorge et prend une voix doucereuse qu'il n'a jamais employée avec moi.

— Bonjour, cher collègue. Je vois que vous avez encore avancé dans vos recherches. Je vous en félicite.

Je considère, perplexe, le tableau désespérément noir, désespérément vide.

— Votre frère vient de rentrer des États-Unis. Je sais que vos travaux ne vous laissent pas beaucoup de liberté, mais auriez-vous un peu de temps à lui consacrer ?

Mon père n'a pas esquissé le moindre mouvement. J'ai l'impression de voir une statue de cire figée, la craie tendue vers le rien. Je m'approche un peu plus et découvre enfin son visage. Je ne peux empêcher le cri de surprise qui s'échappe de ma bouche. Je suis face à mon miroir ! Les mêmes traits creusés, le même cheveu rare et blanc, les mêmes bajoues emplies de tristesse. Seul son regard diffère du mien. Il n'y a plus aucune vie dans ces yeux bleu délavé, plus d'expression ou d'intelligence. Je ne sais même pas s'il sait qu'il a quelqu'un en face de lui. Le docteur Noos nous observe comme on observe deux animaux de laboratoire. J'essaye de parler, mais aucun mot ne sort. Le docteur m'encourage du regard. Je m'étais imaginé cent discours en venant jusqu'ici. L'amour emmagasiné depuis tant d'années m'avait rendu brillant. Mais je ne dis que des mots bêtes, des mots pas du tout à la hauteur de la situation.

Lord Honeyfield ne cille même pas. Le docteur se racle la gorge et me prie de l'excuser : les deux tiers de son personnel sont partis à Genève assister à une conférence sur la religion et il a tous ses pensionnaires sur les bras. Il me confie Lord Honeyfield. J'ai carte blanche au sein de l'enceinte. Il me propose même de le retrouver pour dîner chez lui ce soir.

— Vous savez, je suis très seul… J'aime mon métier, ces patients sont passionnants. Mais quelquefois, je ressens l'envie de dialoguer avec quelqu'un… qui se souviendrait de ce que je viens de lui dire…

Il prend congé, en me recommandant de ne pas trop fatiguer mon « frère ». Il y a de la déception dans sa voix. Je sens qu'il aurait aimé nous observer plus longtemps.

J'attends qu'il ait tourné le coin de la ruelle et m'approche de mon père. Je sais que, bientôt, cette égalité effarante qui fait de nous deux âmes jumelles se renversera, que le reste de ma vie se transférera dans ses veines, tel un improbable vase communicant. Je retire mes gants, m'approche encore plus près, et, pour la première fois de ma vie… Je prends mon père dans mes bras. L'être chétif et malingre que j'embrasse ne réagit pas à mon contact. Je m'inquiète. Mes mains m'auraient-elles abandonné ? Ah non ! Non ! Pas maintenant ! Ce serait une très mauvaise blague de l'univers. Je reprends mon souffle et appose de nouveau mes mains sur son corps. Et voilà que peu à peu, mon père de cire s'anime. Je ressens tout d'abord un tressaillement, une sève qui lui court sous la peau, comme un ruisseau nourri de la pluie. Ses muscles se contractent en des spasmes de plus en plus saccadés. Son visage gris se teinte de rose, une lueur fait revivre ses yeux vitreux. Le moment indescriptible, fantastique, merveilleux, où l'intelligence ressuscitée se révèle, où l'étincelle électrique rebranche cet être à son cerveau, provoque en moi une telle émotion que je suis contraint de lâcher prise. Mon père est devant moi, tel qu'il était à quarante ans. Il considère avec surprise l'être haletant, le demi-cadavre que je suis devenu. Je tombe par terre, à bout de forces. J'essaye de parler, mais je suis à peine audible. Il approche son oreille de ma bouche.

— Papa… Les petits drapeaux génétiques… La cure…

Il se relève d'un bond athlétique.

— Qui êtes-vous et que faites-vous dans mon laboratoire ?

— Je suis tellement content de te connaître… Je suis ton fils… Je suis le fils de celle qui ne t'a jamais oublié… Formentera… Ton fils…

Bien sûr, qu'il me prend pour un fou, comment pourrais-je être son fils, j'ai la tête de son grand-père ! Mais le mot de Formentera a résonné en lui comme une alarme. Je le vois hésiter. Il prend mon pouls, de manière presque systématique. Le naturel de ses gestes médicaux revient au galop.

— Calmez-vous, n'essayez pas de parler, vous êtes très faible. Pouvez-vous me dire votre nom ?
— Midas Gray… non, Jean Pratou.
— Votre âge ?
— Quarante ans.

Il me regarde un instant. Il n'a pas besoin de parler. Je vois son sourcil se lever, son expression compatissante. Je suis automatiquement rangé dans le tiroir « Sénilité ». Je ne sais pas par où commencer, comment lui faire comprendre de la manière la plus brève, la plus efficace, la moins éprouvante, qui je suis, qui il est… J'ouvre la bouche, mais ma mâchoire refuse de me laisser former des mots. Je ne produis que des grognements incompréhensibles. Des grognements que mon père prend pour des râles d'agonie.

— Je vais appeler les secours.
— Non !

C'est un cri de stentor qui est sorti par miracle de ma bouche. Je refuse d'avoir fait tout ça, d'être parvenu jusqu'ici, jusqu'à lui, pour rien.

Je ne peux pas rendre mon dernier souffle avant qu'il ne comprenne, avant de lui remettre ma responsabilité, avant que le salut de l'humanité ne soit entre ses mains. Je tente de me relever, mais mes jambes se plient sous moi. Il s'accroupit à mes côtés. J'utilise mes dernières forces pour tirer une enveloppe de la poche de ma veste. J'y ai glissé hier, avant mon départ, une lettre qui lui explique mon existence miraculeuse, une photo de ma mère, une photo de Lady Honeyfield, leurs adresses respectives. J'y ai aussi inséré un feuillet de notes remises par la Baronne : le relevé des dernières recherches médicales de mon père, sa cure universelle contre le cancer, la solution presque aboutie… Je ressens une grande joie à le voir découvrir ces notes qu'il feuillette d'abord avec avidité, puis avec stupéfaction. Je perçois, comme s'il était en verre, les synapses de son cerveau qui fonctionnent, les informations qui rejaillissent, la mémoire médicale qui ressurgit. Il me regarde sans pouvoir parler, à son tour, mais je vois que des larmes sillonnent son visage. Ses yeux sont les miens, les miens sont les siens, nous sommes jumeaux de regard.

— Tu es beau, Papa, bien plus beau que je ne l'étais à notre âge. J'en suis heureux… Je suis enfin heureux !

Je souris, je suis aux anges. J'ai presque envie de rire, mais je n'en ai plus la force et je ne parviens à expulser qu'un tout petit « ha ! » qui m'épuise un peu plus. Je murmure :
— Qu'un fils fasse renaître son père, cela n'arrive pas tous les jours…

Il me prend dans ses bras. C'est une bien étrange Pietà que nous formons… Comme c'est drôle ! L'art m'aura accompagné jusqu'au bout… Sa voix s'étrangle d'émotion.

— Mon fils…
— Tu as de la chance, tu es aimé de deux femmes. Prends soin d'elles.
— J'irai les voir, je te le promets, je leur parlerai de toi… de mon fils…
— La cure… tout est là… c'est à toi maintenant. Promets-moi… La cure universelle.
— Je te le promets.

Déjà, mes paupières se font lourdes. Je sens la vie s'échapper de moi et ce n'est pas si désagréable. Je ressens la douce appartenance d'avoir été le fils de quelqu'un, ne serait-ce que quelques minutes. Je lui dis adieu. Il me serre un peu plus dans ses bras. Comme un père. Comme un chasseur de yéti. Comme un amour inconditionnel.

Lorsque le docteur Noos entre, quelques heures plus tard, dans le laboratoire, il n'aperçoit pas tout de suite le cadavre du vieil homme en blouse blanche. Ses yeux se sont automatiquement portés vers le tableau noir… qui ne l'est plus. L'ardoise est entièrement recouverte de formules, de signes, d'« x » et d'« y ». Une voix retentit devant lui et le fait sursauter :

— Incroyable, n'est-ce pas ? Il s'est réveillé un instant. Il a écrit tout ça, avant de mourir.

Ce n'est qu'alors que Noos découvre la présence d'un bel homme de quarante ans, accroupi auprès du cadavre de celui que le docteur prend pour Lord Honeyfield. La main toute recroquevillée du vieil homme est refermée sur un bout de craie. Sa blouse blanche flotte sur son corps trop maigre. Noos s'approche du jeune homme, qui cache aussitôt ses mains tachées de craie derrière son dos. Le docteur s'accroupit à son tour auprès du cadavre de Midas, prend son pouls.

— Vous le connaissiez ?
— C'était mon père. J'étais aussi… son assistant… avant…
— Je ne vous ai pas vu entrer.
— Mon oncle m'a chargé de vous dire qu'il vous remercie pour tout ce que vous avez fait pour son jumeau. Il est reparti à Genève. Il prendra le premier avion pour Londres demain pour aller rejoindre la baronne Honeyfield.

Le jeune Lord John Honeyfield essuie ses mains dans les poches de sa veste, et s'approche du tableau noir. Il contemple un instant les volutes de craie.

— Et dire qu'il va falloir annoncer ça au monde… Vous savez, comme moi, ce que nous avons sous les yeux ?

Noos ne parle plus, il est entièrement hypnotisé par ce qu'il commence à percevoir, ce Graal inespéré pour l'humanité, qu'il s'efforce enfin à déchiffrer. La formule est là, blanc sur noir, la molécule miraculeuse qui déclenchera le neurone Karajan. Tout ce que cela implique est vertigineux. L'impossibilité de ce qui vient de se produire contrecarre toutes ses certitudes de neurologue : qu'un patient aussi atteint que l'était John Honeyfield retrouve les facultés de mémoire et de création nécessaires à un tel prodige, dépasse tout entendement.

Il ne parvient même pas à peser les conséquences qu'une telle invention aurait sur le monde. Il pense immédiatement au déplaisir des lobbies pharmaceutiques. Un instant, le côté sombre du docteur Noos lui fait entrevoir tous les avantages économiques qu'il pourrait tirer s'il s'attribuait la paternité d'une telle trouvaille. Facile, après tout ? Qui pourrait croire qu'un patient atteint d'Alzheimer puisse trouver, en un après-midi, la solution espérée par des décennies de savants… Mais le « fils » de Lord Honeyfield ne lui laisse pas le temps d'élaborer son plan.

— J'ai déjà contacté les ex-collègues de mon père pour leur annoncer la bonne et la mauvaise nouvelle. Ils sont en route pour venir lui rendre un dernier hommage. J'ai aussi contacté la presse pour annoncer officiellement la trouvaille scientifique que nous avons sous les yeux. Vous n'y voyez pas d'inconvénient ?

Il suffit d'un quart de seconde au docteur Noos pour recouvrer sa part d'ange et trouver un pis-aller à son rêve de gloire internationale. Il publiera ses nouvelles avancées sur la maladie d'Alzheimer. Il profitera de la presse pour vanter les bienfaits de son Village. Il parlera « d'avancées capitales, susceptibles de changer l'opinion sur cette maladie dévastatrice qui annihile nos meilleurs cerveaux ». En fin de compte, il y gagnera aussi.

Un sourire se forme sur ses lèvres amères. Il se frotte les mains, part s'occuper de la logistique de la « situation ». Lord John Honeyfield se penche une dernière fois sur le cadavre de son fils. Il caresse les rares cheveux blancs et fins. Il prend sa main déjà rigide dans les siennes et murmure doucement :

— Tout ce que touche Midas se transforme en or.

Épilogue

Les graviers crissent sous les pas d'une jeune femme élégante. Difficile de lui donner un âge, vingt-deux ans, peut-être… Elle marche le long de l'allée bordée de peupliers et de pierres tombales. Le visage nu à part une légère touche de rose sur ses lèvres, Josette a l'assurance et la modestie des femmes qui se savent belles et qui n'éprouvent pas le besoin de le crier au monde. Vêtue de bronze, sa mise est simple et féminine. Elle porte une brassée de fleurs, un gros bouquet multicolore fait de roses, d'orchidées, de freesias et d'asphodèles. Sur le papier de cellophane est épinglée la carte du fleuriste : « Mahjid, poète floral », rue de l'Abondance.

Une petite fille de huit ans, qui lui ressemble comme deux gouttes d'eau, gambade et s'arrête de tombe en tombe, déchiffrant les inscriptions des stèles, feuilletant ce catalogue d'êtres et de mémoires, déroulant le film de ces vies stoppées net, émue par les portraits d'émail jauni et les grilles des caveaux arrachées par la rouille.

Division 24, ligne 2 nord, tombe 4, orientation est.

Josette s'agenouille sur la pierre élimée, retire une botte de fleurs fanées du vase d'albâtre, et y installe leurs jumelles resplendissantes.

— Marie. Viens dire bonjour à Midas.

Marie procède au rituel instauré depuis que sa mère lui a appris à lire. Elle se pose à côté de Josette et lit à haute voix l'inscription gravée sur la stèle : « Je suis une vierge d'airain et repose sur le tombeau de Midas
Tant que l'eau coulera et que les arbres verdiront
Je resterai sur ce tombeau arrosé de larmes
Et j'annoncerai aux passants que Midas est ici enterré. »
Josette a lu avec elle les derniers vers. Sa voix douce et distinguée a rejoint la voix fluette de sa fille. Elle a fait graver cette citation sur la tombe de Jean Pratou le jour où elle a soutenu sa thèse sur « Les œuvres de vieillesse de Platon ».

Les pas de Josette et de Marie crissent sur le gravier de l'allée.

Josette porte à présent dans ses bras le tas de fleurs flétries aux couleurs passées. Elle les déposera dans la benne aux fleurs mortes, à l'entrée du cimetière. Une rose ridée comme une aïeule tombe du sinistre bouquet.

Marie la ramasse et, quelques pas plus loin, la dépose, de nouveau Baccara, splendide, vigoureuse et odorante, sur la tombe d'un peintre disparu.

éditions fdeville, Bruxelles.

fdeville.fr | fdeville.be

Distribution : Pollen
Diffusion : CEDIF

Avec le soutien de la
FÉDÉRATION WALLONIE-BRUXELLES

Corrections : Charlotte Bouillon
charlotte.bouillon.correctrice@gmail.com

Photo de couverture : Alex Koral *shutterstock.com*

Achevé d'imprimer en octobre 2022.
Première édition.

Dépôt légal : 10.541/2022/10
EAN : 978-2875-99059-4